Cientistas Malucos

Andréa Cordoniz

Cientistas Malucos

As mais imbecis experiências do gênio (?) humano e outras bizarrices

MATRIX

Direitos em língua portuguesa para o Brasil:
Editora Urbana
www.matrixeditora.com.br

Projeto gráfico:
Marcela Nascimento Meggiolaro

Revisão:
Pedro Silva
Adriana Parra

Dados Internacionais de Catalogação na Publicação (CIP)
SINDICATO NACIONAL DOS EDITORES DE LIVROS, RJ.

Cordoniz, Andréa Marta Fanzeres, 1961-
Cientistas malucos : as mais imbecis experiências do gênio (?) humano e outras bizarrices / Andréa Cordoniz. - São Paulo : Urbana, 2010.

Inclui bibliografia

1. Excêntricos e excentricidades - Humor, sátira, etc.. 2. Ciências - Humor, sátira, etc. 3. Pesquisa - Humor, sátira, etc, 4. Curiosidades e maravilhas. I. Título.

10-4012. CDD: 502
CDU: 5

Com amor para
Paulo & Sylvia
Gustavo & Bettina

E para meu cão **HOLDER,**
com quem aprendo imensamente
sobre nossa condição humana.

Sobre o Livro

"Ninguém é doido. Ou, então, todos"
João Guimarães Rosa

Quando você pensa que já viu de tudo neste mundo, alguém pode surpreendê-lo! Esquisitices, maluquices e bizarrices estão por todos os lados, isso é inegável, mas antes de iniciar minhas pesquisas não imaginava quanto! Sem dúvida subestimei a capacidade do ser humano de ser estranho, extravagante, bizarro, esdrúxulo, estapafúrdio, impensável, inesperado, esquisito, absurdo e instigante!

Neste exato momento inúmeras pessoas em todas as partes do mundo estão produzindo uma quantidade indizível de bizarrices de todas as espécies, tanto na área profissional como na pessoal.

Estudos no mínimo curiosos e inusitados são desenvolvidos diariamente por cientistas, pesquisadores e estudiosos de todas as nacionalidades. É interessante destacar que estamos falando de pessoas de ilibada reputação profissional, que não têm a menor intenção de fazer pilhéria, o que torna tudo ainda mais pitoresco. E, para tornar esse cenário ainda mais curioso, convém ressaltar que a maioria desses trabalhos consta das publicações mais sérias e respeitáveis do meio científico.

Indiscutivelmente, alguns desses trabalhos descambam para a inutilidade total e são de um absurdo inquestionável; outros, porém, são indubitavelmente necessários e importantes para o universo, mas nem por isso deixam de ser engraçados, curiosos e bizarros, e nos levam a imaginar o dia a dia profissional tão peculiar, digamos, das criaturas que os conduzem. Como o sujeito que está em seu laboratório quando toca o telefone. Impaciente, ele atende. Do outro lado da linha está sua mulher, querendo saber se ele chegará a tempo de irem ao cinema: "Matilde, agora não dá pra falar, estou colhendo esperma do Homem do Gelo. Você acredita que o ânus do sujeito estava cheio de esperma?". Ouve-se um estalo no telefone e em seguida o indefectível som de desligado. Depois de fazer uma careta, nosso cientista coloca o fone no gancho, recoloca sua máscara e prossegue cuidadosamente sua atividade laboriosa.

Ao me deparar com alguns experimentos, ficava imaginando o que teria levado aquele profissional a se dedicar àquele assunto. Como teria surgido a ideia de se debruçar sobre o tema? Foi o caso do estudo correlacionando cheiros de comidas com a ereção do pênis; ou a conclusão científica de que as galinhas (as penosas mesmo) gostam mais de homens bonitos. Como nunca pensei nisso antes? O que leva uma criatura a levantar hipóteses tão esdrúxulas? Pior: estudar criteriosamente o assunto! Fico imaginando, ainda, biólogos observando e registrando tudo sobre relações sexuais, cheiros e puns de pessoas e bichos ou coisas do gênero. Profissionais que dedicam dias, meses e anos de suas vidas desenvolvendo estudos que nos trazem revelações muitas vezes estonteantes, como a de que as amebas são capazes de resolver problemas de difícil solução. E nós, que levianamente julgávamos que esses seres eram obtusos e imprestáveis!

Em meio a tantas excrescências, no ano de 1991 os diretores da revista americana *Annals of Improbable Research* – AIR (Anais da Pesquisa Improvável) criaram o prêmio *IgNobel*, uma sátira ao prêmio Nobel, que premia as descobertas científicas e pesquisas mais estranhas e raras. A cerimônia ocorre anualmente em Harvard e conta com a presença de ganhadores do prêmio Nobel, escolhidos para entregar os prêmios aos vencedores do *IgNobel.* Segundo seus autores, a premiação visa atrair a atenção e o interesse do público leigo para a ciência, medicina e tecnologia. Acho que estão conseguindo! Muitos dos estudos e invenções que constam deste livro foram meritórios de tão importante premiação.

Nesse mundo curioso, há também aquelas pessoas que criaram negócios absolutamente inusitados dos quais tiram seu sustento e outras que colocaram uma pitada de esquisitice em suas vidas ao se envolver com atividades profissionais bizarras ou exercidas de forma bizarra.

Outras tantas criaturas deram um toque de excentricidade a suas vidas pessoais ao escolher *hobbies* ou atividades de lazer absolutamente esdrúxulas.

E por aí vai: um autêntico festival de bizarrices e esquisitices. Mas, como tudo é relativo, provavelmente todas essas pessoas nos consideram esquisitos e anormais por vivermos vidas tão prosaicas e pouco inventivas.

E, para reforçar a tese de que tem gente para tudo nesse mundo, o que dizer a respeito de uma pessoa que se entregou à tarefa de pesquisar com afinco e rigor assuntos como esses? Se os sujeitos que aqui menciono são bizarros e estranhos, posso imaginar o que dirão de mim, triste figura, que pesquisei esses pesquisadores e suas pesquisas, esses sujeitos esquisitos e suas esquisitices! Isso sem falar em pessoas como você, caro leitor, que compram um livro como este. Sei, não! Bom, diante de todas essas evidências só me resta constatar que no fundo, no fundo somos todos bem estranhos! Ou, em outras palavras, somos todos perfeitamente normais com nossas anormalidades!

Estudos Científicos e Tais

Neste capítulo mergulharemos em um mundo incrivelmente interessante e surpreendente envolvendo estudos e experimentos curiosíssimos e muitas vezes perturbadores. Entraremos em contato com obras desenvolvidas por profissionais que, com dedicação inquestionável, apresentaram trabalhos que em um primeiro momento podem causar alguma estranheza, mas que quando olhados com mais cautela causam estranheza ainda maior!

Corpos estranhos retais: exemplos e estudo da literatura mundial

Ano: 1995. Cientistas responsáveis: David B. Busch e James R. Starling, de Madison, Wisconsin.

Pesquisa que gerou um relatório descrevendo a relação dos itens "encontrados" nos ânus dos pacientes que buscaram atendimento médico, muitos dos quais precisaram de intervenção cirúrgica. Alguns dos registros: sete lâmpadas; um amolador de facas; duas lanternas; uma mola de metal; uma lata de óleo; onze diferentes formas de frutas, vegetais e outros alimentos; uma serra de joalheiro; um rabo de porco congelado; uma xícara de metal; um copo de cerveja; e a incrível coleção de um único paciente, consistindo em óculos, uma chave de mala, um saco de tabaco e uma revista.

Os efeitos da respiração forçada através de uma narina na capacidade de cognição

Responsáveis: Marcia E. Buebel, David S. Shannahoff-Khalsa e Michael R. Boyle.

Estudo publicado no *International Journal of Neuroscience*, no ano de 1991, sobre a capacidade de uma pessoa aprender enquanto respira por uma só das narinas.

A insuficiência no tratamento por envenenamentos por cascavel através de choques elétricos

Divulgado no mês de junho do ano de 1991 na respeitável publicação americana *Annals of Emergency Medicine* (Anais da Medicina Emergencial). Autores: dr. Richard C. Dart, do Centro de Venenos das Montanhas Rochosas, e dr. Richard A. Gustafson, do Centro de Ciências da Saúde da Universidade do Arizona.

O estudo contou com a prestimosa atuação de um paciente (identificado como Paciente X), ex-fuzileiro naval dos Estados Unidos, que em um primeiro momento foi vítima de uma mordida de seu animal de estimação, uma cobra cascavel. Em seguida, foi vítima dos experimentos com choques elétricos. Consta que ele sobreviveu.

Elucidação dos componentes químicos responsáveis pelo chulé do pé

Desenvolvido em 1992 pelos cientistas F. Kanda, E. Yagi, M. Fukuda, K. Nakajima, T. Ohta e O. Nakata, do *Shiseido Research Center* – Yokohama.

Principal conclusão: pessoas que pensam que têm chulé têm, e as que pensam que não têm chulé não têm.

Gestão aguda do pênis preso no zíper

Ano: 1993. Responsáveis: médicos cientistas James F. Nolan, Thomas J. Stillwell e John P. Sands Jr, do *Department of Urology, Naval Hospital, San Diego, Califórnia.*

Os cientistas destacaram em seu trabalho que a situação dolorosa advinda do pênis preso ao zíper pode ser agravada pelo excesso de zelo no momento da intervenção. Em seguida descreviam a melhor abordagem para liberação do pênis, tanto para o paciente como para o responsável pelo procedimento.

A British Standards Institution - Reino Unido - publicou um extenso manual (seis páginas) descrevendo minuciosamente as conclusões de uma exaustiva pesquisa sobre a melhor maneira de preparar chá.

Stefano Ghirlanda, Liselotte Jansson e Magnus Enquis, da Universidade de Estocolmo, Suécia, desenvolveram estudos concluindo a preferência de galinhas (as penosas mesmo) por homens classificados como bonitos. Os pesquisadores fazem questão de mencionar em suas conclusões que eles não têm como ter certeza de que as galinhas percebem as imagens dos rostos da mesma forma que os humanos. Ah, bom!

Estatísticas sobre a queda da torrada com manteiga no chão

Robert Matthews, físico inglês, estudou com afinco aspectos que explicam o porquê da probabilidade maior de uma torrada cair no chão com o lado da manteiga para baixo. Aliás, não só ele explica e estuda o assunto, como dá uma dica para "salvar" o pão, ou, ao menos, seu tapete: "Pode parecer estranho, mas se uma torrada estiver caindo da mesa o melhor a fazer é dar-lhe um tapa na horizontal. Isso vai aumentar sua velocidade e impedi-la de virar".

O Jornal da Sociedade Veterinária Americana publicou em setembro de 1993 os estudos do veterinário dr. Robert A. Lopez, de Westport, Nova York, que desenvolveu uma série de experiências extraindo cuidadosamente parasitas dos ouvidos de gatos e inserindo-os em seu próprio ouvido para analisar os resultados e efeitos. Bom, melhor escutar uma história assim que ser surdo.

Foi publicado em 2001 na revista *New Scientist* o estudo realizado por cientistas do *Swedish National Board of Fisheries* (Conselho Nacional de Pesca da Suécia) sobre a relação sexual das trutas. Após pesquisarem 117 pares de trutas durante a relação sexual, eles descobriram que cerca de 50% das fêmeas "passam a perna" nos machos. Seria quase um fingimento de orgasmo. As trutas desenvolvem uma espécie de dança como corte sexual que consiste em uma série de movimentos do casal que finaliza com o macho lançando seus espermas e a fêmea, seus ovos simultaneamente. Os pesquisadores observaram, porém, que na metade das vezes a fêmea na hora "H" retém seus ovos. Os cientistas acreditam que elas fazem isso para preservar os ovos no caso de encontrar machos mais atraentes. Concluímos que de bobas as trutas não têm nada!

Treino de pombos para distinguirem entre pinturas de Picasso e Monet

Responsáveis: Shigeru Watanabe, Junko Sakamoto e Masumi Wakita, da Universidade de Keio, Japão.

Watanabe, o psicólogo responsável pelo experimento, concluiu: "Os pombos são capazes de aprender o conceito do que os seres humanos classificam como 'bons' retratos". Alguns críticos de arte podem perder muito em breve seus empregos para os pombos do dr. Watanabe.

Transmissão de gonorreia através de uma boneca inflável

Médicos responsáveis: Ellen Kleist de Nuuk, Groenlândia, e Harald Moi, de Oslo, Noruega, 1993.

A avaliação científica teve início quando o capitão de um barco apresentou os sintomas de gonorreia após ter passado mais de três meses a bordo. Não havia mulheres na embarcação e o sujeito negava ter tido relações com outro homem. Após alguma relutância, contou sua história: numa determinada noite, ele foi até a cabine do engenheiro da embarcação chamá-lo para resolver um problema. Quando o engenheiro saiu, o capitão percebeu que havia uma boneca inflável na cama e não resistiu, ou seja, deu "umazinha" na boneca. Dias depois começou a apresentar os sintomas da gonorreia. O engenheiro foi chamado pelos médicos responsáveis pela pesquisa e confessou que naquela noite tinha acabado de ejacular na boneca quando o capitão o chamou. Não havia tido tempo de lavá-la. Após exames, os cientistas confirmaram que o engenheiro estava infectado por gonorreia e ele teve que admitir, por sua vez, que dias antes de embarcar tivera relações sexuais com uma mulher, provável transmissora da doença.

Mayu Yamamoto, do Japão, apresentou os resultados positivos de seu estudo: conseguiu extrair fragrância de baunilha de esterco de vaca. Não sei quanto a você, mas eu não ficaria confortável ao saborear um sorvete de baunilha com essa procedência.

No ano de 1991, pesquisadores acharam um corpo mumificado de um homem que teria vivido há mais de 5.300 anos e que fora preservado pela neve eterna dos Alpes. Chamado de "O Homem de Gelo", inúmeras pesquisas tiveram início, levando a uma série de conclusões e outras tantas especulações:

– Uma revista voltada ao público gay divulgou que tinham encontrado esperma em sua cavidade anal, o que provaria que ele era homossexual. Depois desmentiram.

– Os primeiros estudiosos disseram não ter encontrado os órgãos sexuais, o que indicaria que ele era um eunuco. Concluíram depois, porém, que a genitália estava apenas encolhida pelo processo de mumificação.

– Em 1994 disseram que "O Homem de Gelo" era "doidão", pois haviam encontrado cogumelos secos em sua bolsa, os quais seriam alucinógenos. Depois começaram a pesquisar se não seriam medicamentos.

– Em 1998 confundiram tatuagens que o sujeito tinha nos joelhos com marcas de acupuntura.

– Um jornalista alemão chegou a publicar uma matéria alegando que "O Homem de Gelo" era uma fraude: na verdade, seria uma múmia egípcia do Museu Britânico colocada na geleira para atrair turistas.

– Para completar, uma mulher fez um pedido formal para ser fertilizada com o esperma congelado do sujeito. Não sei se conseguiu.

Insetos que se esmagam contra o vidro dos carros durante uma viagem

Estudioso responsável: Mark Hostetler, da Universidade da Flórida.

Suas conclusões foram publicadas no livro *That gunk on your car* ["Aquela gosma no seu carro"], em que menciona e identifica os diferentes tipos de insetos que se chocam contra o para-brisa do carro, como borboletas, besouros etc. Dizem as más línguas que o tal estudioso teria tido a ideia do experimento depois de enfiar a cabeça no vidro do carro.

Medição dos padrões de ondas cerebrais de pessoas enquanto mascam diferentes tipos de chiclete

Responsáveis: T. Yagyu e colaboradores do Hospital Universitário de Zurique, Suíça; a Universidade Médica de Kansai, em Osaka, Japão; e o Instituto de Pesquisa em Tecnologia da Neurociência em Praga, República Tcheca.

As conclusões foram publicadas em uma obra autoexplicativa, em 1997, intitulada "Sabor de chiclete afeta medidas de complexidade global de EEG (eletroencefalograma) multicanal". Fico aqui me perguntando: será que as ondas cerebrais são afetadas por sabores diferentes somente de chiclete? De jujuba não?

No ano de 2006 o Departamento de Conservação de Illinois gastou 180 mil dólares para estudar os conteúdos dos vômitos das corujas em diferentes épocas do ano. Até onde sei, corujas costumam alimentar-se de insetos e ratos ou de ratos e insetos.

Cientistas da Australian Antarctic Division, que estudavam sob o comando do dr. Nick Gales as baleias em seu hábitat natural, acompanhando e registrando todos os movimentos de um enorme exemplar da espécie, inclusive com ajuda de satélites, conseguiram capturar uma imagem que consideraram incrível: os efeitos aquáticos do pum do mamífero – uma enorme bolha. Os pesquisadores, que publicaram um artigo sobre o feito na revista Australian (2003), acrescentaram que não só viram como sentiram os efeitos da flatulência: tiveram que correr para o outro lado da embarcação por conta do mau cheiro exalado. Segundo os pesquisadores, essa teria sido a primeira imagem capturada de tal façanha.

Utilização de ímãs para levitar sapos

Como usar magnetos, ou seja, ímãs para manter sapos suspensos no ar. Responsáveis: físicos Andre Geim, da Universidade de Nijmegen, Holanda, e *sir* Michael Berry, da Bristol University.

Importante observar que não encontrei nenhuma referência sobre a utilidade de suspendermos sapos no ar com ímãs.

O dr. Arvid Vatle de Stord, Noruega, observou, coletou, classificou e publicou suas conclusões sobre os diferentes tipos de recipientes que seus pacientes escolhiam para colocar as amostras de urina para exame.

O dr. Stord fez seus criteriosos registros durante um ano: de maio de 1997 a maio de 1998. Em sua lista constam 164 diferentes tipos de recipientes. Alguns deles: garrafas de Coca-Cola, embalagens de desodorantes, vidros de remédio etc.

O efeito da cerveja, alho e creme azedo sobre o apetite das sanguessugas

Publicado no *British Medical Journal* em 1994.

Biólogos responsáveis: Anders Barheim e Hogne Sandvik, da Universidade de Bergen, na Noruega.

Algumas conclusões: após terem experimentado cerveja, algumas sanguessugas mudaram o comportamento, perderam a aderência e caíram de costas.

O naturalista John Lubbock desenvolveu nos idos de 1800 diversos experimentos sobre o efeito do álcool nas formigas. Ele observou, por exemplo, que quando uma formiga encontra uma companheira sob o efeito do álcool, leva-a para o ninho. Se quem está bêbada é uma desconhecida, não só não levam a formiga doidona para seu ninho, como a empurram para uma vala.

Ressonância magnética dos genitais masculinos e femininos durante a excitação e o coito

Responsáveis: médicos Willibrord Weijmar Schultz (professor e ginecologista), Pek van Andel (psicólogo) e Eduard Mooyaart (radiologista), de Groningen, nos Países Baixos (juro que não é modo de dizer, nem nenhum tipo de gracinha), e Ida Sabelis (antropologista), de Amsterdã.

A principal conclusão obtida foi a de que a obtenção das imagens de ressonância magnética dos órgãos genitais masculinos e femininos durante a relação sexual é possível. E desagradável, eu diria.

O dr. Paul Bosland, diretor do Chile Pepper Institute, do Novo México, dedicou-se a cultivar uma pimenta não picante do tipo *jalapeño*

Dung beetle ou besouro rola-bosta é uma espécie conhecida por aproveitar esterco animal para se alimentar e fazer seus ninhos. Pois a Indiana University desenvolveu uma pesquisa, publicada na revista *New Scientist* em 2008, mencionando as diferenças entre os rola-bostas australianos e os rola-bostas americanos.

Conclusão: os australianos têm chifres menores e pênis maiores, enquanto nos besouros americanos é o oposto. Além disso, para ter relações sexuais, os besouros americanos brigam com outros besouros machos. Já os australianos, que são mais bem-dotados, costumam trapacear uns aos outros para conseguir chegar à fêmea.

Marie-Christine Cadiergues, Christel Joubert e Michel Franc descobriram que as pulgas que vivem nos cães pulam mais alto do que as que vivem nos gatos.

Por que uma cortina de banheiro tende a fletir para dentro durante o banho

Responsável: David Schmidt, Universidade de Massachusetts, EUA.

As conclusões apresentadas mencionavam coisas como efeito de Bernoulli, causa do empuxo, ar aquecido dentro do chuveiro subindo, ar frio do lado de fora arrastando a cortina para baixo e por aí vai. Nada que resolva aquela situação desagradável da cortina de plástico grudando no seu braço ou na perna durante o banho.

Karl Kruszelnicki, da Universidade de Sidney, Austrália, publicou um relatório pormenorizado sobre as conclusões obtidas a partir de uma pesquisa sistemática sobre o cotão do umbigo. Principais conclusões: o cotão do umbigo consiste principalmente em fibras das roupas, misturadas com pele morta e alguns pelos; o cotão desloca-se de baixo para cima e não no sentido contrário, como seria mais "verossímil". O processo é resultante da fricção do pelo corporal com a roupa, que arrasta as fibras soltas para o umbigo; mulheres têm menos cotão no umbigo pelo fato de seu pelo corporal ser mais fino e curto. Pelo mesmo motivo, os homens mais velhos, por terem pelos mais ásperos e numerosos, acumulam uma quantidade maior de cotão. A coloração azulada deve-se à existência de fibras azuis na maior parte das peças de vestuário.

A rinotilexomania (enfiar os dedos no nariz para retirar muco, também conhecido como meleca) ***é uma atividade comum entre adolescentes***

Resultado dos estudos desenvolvidos pelos pesquisadores Chittaranjan Andrade e B. S. Srihari, do *National Institute of Mental Health and Neurosciences*, da Índia.

Para chegar a essa conclusão (brilhante), Chittaranjan e Srihari estudaram 200 adolescentes de quatro diferentes escolas pelo período de um ano. Ao apresentarem suas conclusões, os pesquisadores lamentaram, ainda, a pouca literatura existente até então sobre o tema.

Comportamento de acasalamento de avestruzes dirigido a humanos em fazendas na Grã-Bretanha

Responsáveis: Norma E. Bubier, Charles G. M. Paxton, Phil Bowers e D. Charles Deeming, do Reino Unido, que comprovaram que os avestruzes nutrem estranhos sentimentos amorosos por seres humanos. Depoimento de Charles Paxton: "É uma experiência muito desagradável ficar cercado por avestruzes amorosos. A atração que sentem por seres humanos causa problemas desagradáveis para os tratadores de fazendas de avestruzes. As aves ficam sexualmente excitadas na presença de seres humanos e são capazes de persegui-los".

Os efeitos de antidepressivos como o Prozac em mexilhões

Cientista responsável: Peter Fong, do Gettysburg College, na Pensilvânia. Segundo o cientista, os mexilhões se reproduzem com mais facilidade sob efeito dos tranquilizantes. Outro estudo desenvolvido por Fong foi sobre os efeitos do Viagra nos caracóis. Não sabemos se foi feita pesquisa do efeito conjunto desses dois remédios na vida sexual dos cientistas.

As pessoas nadam mais rapidamente em água ou em melado? A fim de responder a essa importante dúvida científica, Edward Cussler, da Universidade de Minnesota, e Brian Gettelfinger, da Universidade de Minnesota e Universidade de Wisconsin, desenvolveram um estudo minucioso publicando suas conclusões em um artigo no *American Institute of Chemical Engineers Journal* em 2004. Concluíram que o aumento da resistência ao movimento em uma piscina de melado é cancelado pelo aumento em propulsão que um nadador ganha em cada impulso (o que quer que isso signifique).

Os resultados dos estudos realizados por pesquisadores da Universidade de Frankfurt foram publicados na revista *New Scientist* em janeiro de 2001. Os pesquisadores descobriram que as formigas que vivem nos caules de bambus da floresta na Malásia são autênticas mijonas. Isso acontece porque, com o intuito de manter seus ninhos secos, elas bebem toda a água do caule e depois vão para fora do ninho urinar. Esse processo é repetido inúmeras vezes, até que o ninho esteja completamente seco.

Cientistas brasileiros, no ano de 2002, anunciaram ter descoberto o fóssil do pênis mais antigo do mundo: cem milhões de anos. Ele pertenceu a uma espécie de crustáceo chamado ostracode.

Assimetria escrotal no homem e na escultura antiga

O médico Chris McManus, da University College London, Inglaterra, divulgou em 2002 os resultados de seus estudos que demonstravam que em algumas estátuas da Antiguidade os homens apresentavam, erroneamente, o testículo esquerdo maior que o direito.

Os físicos L. Mahadevan, da Universidade de Harvard, e Enrique Cerda Villablanca, da Universidad de Santiago de Chile, desenvolveram um estudo teórico de como as folhas de papel amassam. Seus resultados mencionam estruturas geométricas e suas influências, singularidades geométricas e geometria singular, o que quer que tudo isso signifique.

Imagino que esse estudo tenha se originado quando seus pesquisadores estudaram algo realmente sério que não deu certo e foi devidamente amassado e jogado no lixo.

Análise das forças necessárias para se arrastar uma ovelha sobre várias superfícies

Responsáveis pelo estudo: os físicos Jack Harvey, John Culveno, Warren Payne, Steve Cowle, Michael Lawrance, David Stuart e Robyn Williams, da Austrália.

Explicação para o estudo: tosquiadores arrastam as ovelhas a fim de tosquiar sua lã. Os estudiosos decidiram, então, avaliar a força necessária para essa tarefa de acordo com o tipo de superfície (considerando textura e inclinação). Para isso, contaram com a participação de oito experientes tosquiadores. Concluíram que o melhor piso era um de ripas de madeiras paralelas com uma determinada inclinação.

John Trinkaus, da Zicklin School of Business, Nova York, coletou dados que originaram a publicação de mais de oitenta relatórios acadêmicos sobre assuntos que o incomodavam, como: porcentagem de jovens usando bonés com aba para trás; pedestres que usam tênis brancos; pessoas que nadam na parte rasa da piscina em vez da funda; porcentagem de motoristas de automóveis que param em determinada placa de "Pare"; porcentagem de viajantes carregando maletas; porcentagem de clientes de supermercado que excedem o número de itens do caixa rápido; e porcentagem de estudantes que não gostam de couve-de-bruxelas.

Recuperação de jet lag

Patricia V. Agostino, Santiago A. Plano e Diego A. Golombek, da Argentina, descobriram que *hamsters* se recuperam de *jet lag* (mal-estar que acomete as pessoas que viajam atravessando diversos fusos horários) mais rapidamente quando lhes são ministradas doses de Viagra. Os pesquisadores acreditam que o remédio poderá ser aplicado com sucesso em seres humanos também, mas ainda não mencionaram o que fazer com o principal efeito do Viagra durante o voo. As comissárias de bordo que se cuidem!

Necrofilia homossexual de um pato

O biólogo C. W. Moeliker, do Natuurmuseum de Rotterdam, Holanda, documentou o primeiro caso cientificamente comprovado de necrofilia homossexual de um pato da espécie *Anas platyrhynchos*. Patos dessa espécie já haviam sido vistos copulando com animais mortos, mas nunca do mesmo sexo.

Trecho do histórico artigo publicado na revista científica holandesa *Deinsea*:

"O pato infeliz aparentemente tinha colidido com o prédio em pleno voo a uma altura de três metros do chão. Próximo ao animal obviamente morto, outro macho da mesma espécie estava presente. [...] Ele montou sobre o cadáver e começou a copular, com grande força, quase continuamente bicando o canto da sua cabeça". O biólogo mencionou, ainda, que a cena durou incríveis 75 minutos.

A relação entre altura, comprimento peniano e o tamanho do pé

Ano: 1998. Responsáveis: Jerald Bain e Kerry Siminoski, de Toronto.

O experimento contou com o prestimoso auxílio de 63 voluntários do sexo masculino que tiveram seus membros medidos, assim como altura e tamanho dos pés. Os cientistas concluíram que, estatisticamente falando, existe uma relação entre tamanho do pênis e a altura do sujeito e o tamanho do pé, mas com coeficientes de correlação fracos.

Segundo pesquisas, em média, as pessoas temem mais as aranhas do que a morte.

A comunicação entre os arenques

Ben Wilson, da University of British Columbia, Lawrence Dill, da Simon Fraser University, Canadá, Robert Batty, da Scottish Association for Marine Science, Magnus Whalberg, da Universidade de Aarhus, Dinamarca, e Hakan Westerberg, do Conselho Nacional de Pesca da Suécia, demonstraram que a comunicação entre os arenques aparentemente ocorre por meio das flatulências (popularmente chamadas de pum).

Em 1997 foi publicado na revista *New Scientist* um artigo de autoria do cientista britânico David Gems, da London University College, declarando que machos vivem mais que as fêmeas se não tiverem uma vida sexual tão ativa. Gems estudou machos de uma espécie de ratos que passavam de 5 a 11 horas por dia fazendo sexo. Esse grupo morria algumas semanas depois. Comparou-os com animais da mesma espécie castrados e constatou que estes viviam por anos a fio. Em relação aos humanos, Gems mencionou um estudo realizado em 1969 com 319 homens castrados (eunucos) que viviam em média 13,5 anos a mais do que os homens não castrados. Algumas pessoas, ao saberem as conclusões do estudo, afirmaram preferir viver menos e manter a *performance* sexual.

O dr. Yoshiro Nakamatsu, de Tóquio, Japão, também conhecido como dr. NakaMats, apresentou em um seminário a análise conclusiva de suas refeições durante um período de 36 anos. Ao longo de todos esses anos Nakamatsu fotografou tudo o que comeu. Sua alimentação, além de fotografada, é altamente controlada. Diariamente ele ingere uma mistura de camarão seco, algas, queijo, iogurte, enguias, ovos, carne bovina e de frango acompanhada de uma série de vitaminas. Seu objetivo é viver mais de 144 anos (nasceu em 1928). Essa é apenas uma das façanhas de Yoshiro, que é engenheiro e inventor e reivindica o recorde de maior número de inventos patenteados: mais de 3 mil, incluindo disquetes, CDs e DVDs.

Odores peculiares de sapos estressados

Benjamin Smith, da Universidade de Adelaide, Austrália, e Universidade de Toronto, Canadá; a companhia de perfumes Firmenich, Genebra, Suíça; ChemComm Enterprises, Archamps, França; Craig Williams, da James Cook University e da University of South Australia; Michael Tyler, da Universidade de Adelaide; e Yoji Hayasaka, do Australian Wine Research Institute, desenvolveram um estudo que consistiu em cheirar e catalogar os odores peculiares de 131 diferentes espécies de sapos estressados. As conclusões foram publicadas na revista *Applied Herpetology* em 2004.

Gotejamento de piche congelado

John Mainstone e Thomas Parnell (já falecido), da Universidade de Queensland, Austrália, iniciaram no ano de 1927 um experimento de gotejamento de piche congelado. Uma massa de piche foi colocada em um funil para gotejar à razão de uma gota a cada nove anos. A oitava gota caiu em novembro de 2000, quando Mainstone estava viajando e a sofisticada câmara que registraria o momento da gota avariou-se. Parnell faleceu logo após a queda da segunda gota.

A doença de Chagas mata mais de cinco mil pessoas por ano nas Américas Central e do Sul e é transmitida por um inseto conhecido por barbeiro, que pica pessoas para se nutrir do sangue humano, infectando-as. Foi descoberto que, na verdade, o que causa a infecção é o fato de o barbeiro alimentar-se das fezes dos pais (dele). Sim, ele se alimenta das fezes de seus pais (irc!) que contêm o parasita. Em um artigo publicado no *Los Angeles Times* em 2001, o cientista Charles Beard apresentou sua solução para o problema. Ele criou fezes de barbeiro geneticamente modificadas, as quais garante que possuem a mesma aparência, cheiro e sabor (!?) das fezes originais dos pais dos barbeiros. Feitas à base de diversos agentes, como amônia, tinta etc., não conteriam, claro, o parasita propagador da doença.

Os físicos Victor Benno Meyer-Rochow, da International University Bremen, Alemanha, e da Universidade de Oulu, Finlândia, e Jozsef Gal, da Loránd Eötvös University, Hungria, calcularam a pressão que se acumula no intestino dos pinguins antes de defecarem. Os resultados foram publicados em um artigo na revista *Polar Biology*, cujo título pode ser traduzido como "As pressões que se produzem quando os pinguins fazem cocô – cálculos sobre a defecação das aves". O objetivo do trabalho foi calcular a força que os pinguins fazem para atirar as fezes para longe do ninho. "Quem quer que tenha visto um pinguim disparar um 'tiro' pela parte de trás deve ter se interrogado sobre a pressão que a ave gera", dizem os cientistas.

Cientistas escoceses descobriram que um litro de cerveja ou quatro copos de vinho aumentam em 25% a beleza alheia. Isso explica a máxima popular tão falada de que "não existe mulher feia, você é que bebeu pouco".

Estudo desenvolvido pelos cientistas Wasmia Al-Houty, da Universidade do Kuwait, e Faten Al-Mussalam, da Kuwait Environment Public Authority, concluíram que os escaravelhos do estrume, ou besouros rola-bosta, que se alimentam de estrume, são enjoados para comer. Podemos dizer, então, que eles não comem qualquer merda. Literalmente!

Ivan R. Schwab, da University of California – Davis e o já falecido Philip May, da University of California – Los Angeles desenvolveram estudos a fim de descobrir por que o pica-pau não sente dor de cabeça ao bater com o bico nos troncos das árvores. Descobriram que o cérebro desses pássaros fica bem preso no crânio e que eles têm uma superfície cerebral mais macia que minimiza o impacto.

A dra. D. Lynn Halpern, da Harvard Vanguard Medical Associates, da Brandeis University e da Northwestern University; Randolph Blake, da Vanderbilt University e da Northwestern University; e James Hillenbrand, da Western Michigan University e da Northwestern University, desenvolveram experimentos para descobrir por que as pessoas não gostam do som de unhas riscando um quadro-negro. Os pesquisadores submeteram 24 voluntários a diversos ruídos. Em primeiro lugar, como mais repugnante, obtiveram o som da unha no quadro-negro. Em segundo lugar ficou o som de duas partes de isopor sendo esfregadas. Os estudiosos foram ainda mais longe com seus profícuos estudos e fizeram uma analogia do som das unhas nos quadros com os dos gritos de aviso dos primatas para saber se havia alguma relação dessa nossa ojeriza com nossos antepassados. Blake declarou na revista *Psychology Today:* "Nós especulamos que nossa arrepiante aversão a sons como as unhas raspadas sobre uma superfície pode ser um reflexo vestigial", ou seja, que foi herdada de nossos ancestrais primatas.

Fêmea do mosquito da malária e suas atrações

Bart Knols, da Wageningen Agricultural University, em Wageningen, Holanda, do National Institute for Medical Research, em Ifakara Centre, Tanzânia, e da Agência Internacional de Energia Atômica, em Viena, Áustria; e Ruurd de Jong, da Wageningen Agricultural University e da Santa Maria degli Angeli, Itália, comprovaram por meio de estudos que a fêmea do mosquito da malária é atraída tanto pelo cheiro do queijo limburgo quanto por chulé.

O neurologista holandês Michel Ferrari, após exaustivos estudos e rigorosas observações, "concluiu" que Picasso, o famoso pintor espanhol (1881-1973), sofria de enxaqueca. Segundo Ferrari, pacientes com enxaqueca apresentam disfunções visuais durante as crises, portanto, aqueles rostos distorcidos que Picasso pintou podem ter sido fruto de crises de enxaqueca.

Problemas de se usar palavras longas desnecessariamente

Daniel Oppenheimer, da Princeton University, apresentou suas conclusões em um trabalho intitulado "As consequências do vernáculo erudito utilizado sem necessidade: problemas de se usar palavras longas desnecessariamente". Fico aqui pensando com meu teclado: a palavra "desnecessariamente" seria considerada longa e necessária para Oppenheimer?

O dr. Len Fisher, físico, pesquisador do Departamento de Física da Universidade de Bristol, Inglaterra, publicou um livro contendo suas conclusões sobre o modo perfeito de molhar um biscoito em uma xícara de chá de modo que ele não esfarele. Pesquisou também qual seria a melhor bebida para acompanhar um biscoito de forma a aproveitar ao máximo seu sabor. Alguns resultados: prefira um leite frio para acompanhar e fuja da limonada. O leite "segura" o sabor do biscoito na boca por mais tempo. Já as bebidas quentes "lavam" o paladar antes que a pessoa aprecie totalmente o sabor do biscoito. E a limonada é o pior acompanhamento no quesito aproveitamento máximo do sabor de um biscoito.

Sharee A. Umpierre, da Universidade de Porto Rico, Joseph A. Hill, de Fertility Centers of New England (EUA), e Deborah J. Anderson, da Boston University School of Medicine e da Harvard Medical School (EUA), descobriram que a Coca-Cola é um eficaz espermicida.

Na mesma época, porém, os cientistas Chuang-Ye Hong, C. C. Shieh, P. Wu e B. N. Chiang (todos de Taiwan) descobriram que a Coca-Cola não é um espermicida eficaz. Na dúvida, aconselho a utilização da Coca-Cola daquele jeitinho mesmo que conhecemos: para beber.

Os matemáticos Nic Svenson e Piers Barnes, da Australian Commonwealth Scientific and Research Organization, apresentaram os resultados de um estudo que calculou o número de fotografias que devem ser tiradas para assegurar que ninguém, em uma foto em grupo, apareça de olhos fechados. Em suas conclusões ficamos sabendo coisas interessantíssimas, como o fato de que nossa piscada dura em média 250 milissegundos e o obturador de uma câmera permanece aberto, em média, durante 8 milissegundos. Depois de alguns gráficos e fórmulas estatísticas, Piers e Svenson revelam a "fórmula de ouro" para tão instigante questão: dividir o número de pessoas por três, se a iluminação estiver boa, e por dois se a luz não for boa.

A psicóloga paulista Renata Plaza Teixeira passou dois anos fotografando e filmando portas de banheiros. Seu estudo teve como objetivo traçar um perfil sexual de homens e mulheres, baseado no que eles rabiscam. Renata conseguiu reunir 1.349 pichações e o trabalho virou tese defendida no Instituto de Psicologia da USP com o seguinte título: "Musa Latrinalis: diferenças sexuais em grafitos de banheiro". Para catalogar as pichações dos sanitários masculinos, a psicóloga contou com a prestimosa colaboração de seu marido, que fotografou alguns e copiou outros tantos para ela. Uma das conclusões do estudo: sexo é tema recorrente nas paredes de banheiros tanto masculinos como femininos, sendo que o tom é um tanto diferente. As mulheres elogiam os homens. Os homens preferem escrever insultos, principalmente contra homossexuais.

Juan Manuel Toro, Josep B. Trobalon e Nuria Sebastian-Galles, da Espanha, descobriram que ratos não podem distinguir entre gravações em japonês e holandês quando tocadas de trás para a frente. Não sei dizer se eles distinguiriam tais idiomas se tocados de frente para trás.

Interrupção de soluços incuráveis com massagem retal digital

Francis M. Fesmire, médico da University of Tennessee College of Medicine, apresentou em um artigo suas conclusões científicas de que soluços tidos como incuráveis podem ser interrompidos com massagem retal, ou seja, no ânus.

Coincidentemente, Majed Odeh, Harry Bassan e Arie Oliven, do Bnai Zion Medical Center, Haifa, Israel, apresentaram conclusões idênticas em um estudo com o mesmo nome. Segundo os estudiosos, basta fazer lentos movimentos rotacionais, e a frequência do soluço se reduz em trinta segundos.

Impossível não se perguntar o que teria levado uma criatura a fazer massagens retais em alguém que estivesse com soluço.

Por que mulheres grávidas não tombam

No ano de 2009 uma equipe de físicos da Universidade de Cincinnati, Estados Unidos, publicou suas conclusões sobre por que as mulheres grávidas não tombam com o peso da barriga.

Após examinarem diversas mulheres grávidas, descobriram uma série de reforços nas costas que os homens não têm. Resta agora desenvolverem outro estudo, então, para explicar por que alguns homens barrigudos também não tombam.

Como impressionar o outro ou a outra em um restaurante

Pesquisadores da Universidade de Montreal, no Canadá, chegaram a algumas conclusões a respeito do que impressiona o homem ou a mulher na hora de escolher a comida em um restaurante: o homem não deve pedir comida *light*. Segundo os pesquisadores, dessa forma ele estará passando a imagem de alguém comedido, indeciso e vaidoso demais. O ideal para impressionar é pedir um bife, que é sinal de masculinidade.

As mulheres se tornam altamente sedutoras se escolherem uma salada. E devem pedi-la bem temperada (imagino que sem alho ou cebola, por razões mais do que óbvias!)

Estudo realizado pelo Conselho Superior de Pesquisas Científicas (CSIC) da Espanha concluiu que as aranhas têm seu próprio Kama Sutra, ou seja, praticam sexo em diversas posições, sendo que algumas das posturas se assemelham realmente a certas posições descritas no tal livro, como o famoso "69", que permite o sexo oral mútuo de forma simultânea. Essa é uma das conclusões divulgadas pelo entomologista Jordi Moya, pesquisador da Estação Experimental de Zonas Áridas do CSIC cuja especialidade são "as aranhas e sua comunicação como amantes e canibais". Moya destaca outra fascinante peculiaridade da vida sexual das aranhas: como as fêmeas de algumas espécies literalmente devoram seus parceiros, alguns machos – antes, durante ou depois da transa – espertamente se apresentam com uma presa morta que oferecem como presente para a fêmea. Desse modo, enquanto ela estiver comendo, o macho sabe que pode transar à vontade, pois ela não irá devorá-lo.

Tem mais: outra prática comum chamou a atenção de Moya, que julgou inicialmente que as aranhas poderiam ser chegadas à prática de sadomasoquismo: alguns aracnídeos enrolam as fêmeas em suas teias antes de iniciar a copulação. Após exaustivos estudos, Moya pôde concluir, porém, que se trata de puro instinto de sobrevivência, pois assim os machos escolhem suas parceiras: as preferidas são as pequenas, porque são menos ofensivas; as virgens, mais receptivas, e as "gordinhas", porque são menos vorazes. Tudo para se manter vivo após a transa – ou para comer a aranha sem ser comido.

Thierry Leguay, francês, professor de literatura e escritor, desenvolveu um abrangente estudo sobre felação (sexo oral praticado no homem) e publicou suas conclusões no livro *Histoire raisonnée de la fellation* ["História comentada da felação"]. Nessa obra consta que Cleópatra, rainha do Egito nascida nos idos de 69 a.C., era altamente chegada a um sexo oral, e, por ser tida como uma grande "feladora", era também conhecida como "bocuda". Quem diria, hein!

O efeito dos odores no fluxo de sangue do pênis

Estudo desenvolvido e apresentado em março de 1998 pelo neurologista americano Alan Hirsch sobre cheiros que estimulam o apetite sexual. O cheiro de baunilha, por exemplo, é excitante para homens mais velhos, enquanto o cheiro de uma pizza de queijo é capaz de aumentar em 5% o fluxo sanguíneo nos pênis dos jovens.

O odor da laranja aumenta em 19,5% o fluxo nos órgãos sexuais masculinos, e o da pipoca na manteiga, em 9%.

A combinação de dois cheiros pode ter efeitos ainda mais significativos. Combinando o cheiro de uma lavanda com o de uma torta de abóbora, por exemplo, o aumento do fluxo sanguíneo é de 40%, ou seja, uma ereção acelerada. Já os cheiros de feijão, torta de maçã e maionese não estimulam em nada o apetite sexual. As mulheres também foram contempladas com a pesquisa, que descobriu que um bom excitante feminino é a combinação dos cheiros de pepino, talco de bebê, lavanda e torta de abóbora. O pepino, posso até entender que por analogia faça algum sentido, mas torta de abóbora?

Donald L. Unger, norte-americano extremamente perseverante, estalou as juntas dos dedos de sua mão esquerda, mas não os da direita, todos os dias, por mais de sessenta anos, com o objetivo de investigar possíveis causas de artrite. Concluiu que estalar os dedos, ao contrário do que as mães costumam dizer, não causa artrite.

O respingo do molho do macarrão na roupa

O físico britânico Colin Humphrey dedicou-se a fundo para saber por que e em que momento o molho do macarrão respinga na roupa. Calculando a energia cinética, a força centrífuga e o coeficiente de fricção do macarrão com o garfo, ele concluiu que a fase mais propícia é o final do enrolamento do macarrão no garfo, mais precisamente nos últimos dez centímetros da massa. “É nesse momento que a ponta do macarrão alcança uma velocidade de 2,7 metros por segundo, o suficiente para lançar o molho a uma distância de 1,2 metro.”

Cientistas descobriram uma colônia de formigas assexuadas na Amazônia. A descoberta foi publicada na revista científica *Proceedings of the Royal Society B*.

A bióloga Anna Himler, da Universidade do Arizona, explicou que na colônia da espécie *Mycocepurus smithiié* todas as formigas eram clones da rainha da colônia. “Quando começamos a estudar as espécies com mais atenção, não estávamos achando machos. Foi quando começamos a perceber que havia algo diferente”, disse Himler.

Os efeitos colaterais de engolir espadas

Estudo desenvolvido por Dan Meyer e Brian Witcombe concluiu que, quando o sujeito está concentrado, os riscos de se machucar são bastante reduzidos. E mais: quando engolidores de espadas profissionais ingerem uma única espada com bastante cuidado, ela não causa muitos danos, mas engolir muitas espadas, com lâminas de formas estranhas, pode causar ferimentos.

As descobertas também dão conta de que engolidores de espadas não devem trabalhar se estiverem com a garganta dolorida. Cá pra nós, não precisava assim tanto estudo para chegar a essas conclusões.

Witcombe declarou: “A pesquisa que realizei para o artigo me fez tomar consciência dos desafios que somente os engolidores de espada enfrentam em sua profissão e das complicações médicas e efeitos colaterais que correm diariamente ao engolir espadas. [...] E também abriu meus olhos para os equívocos do público em geral quanto a engolir espadas, e quão pouco se sabe na comunidade médica atual sobre lesões ao engolir espadas”.

Os físicos Dorian Raymer e Douglas Smith desenvolveram estudos que explicam por que cordas e fios de cabelo embolam. Raymer tem, inclusive, um vídeo no YouTube com duração de mais de trinta minutos em que faz uma apresentação sobre tão envolvente tema: embolação de fios em geral. Quase um doutorado sobre o assunto.

No ano de 1994 o laboratório Wright, da Força Aérea dos Estados Unidos, em Dayton, Ohio, solicitou ao Departamento de Defesa americano 7,5 milhões de dólares para desenvolver uma "bomba gay". Constituída de um produto químico de efeito poderoso e afrodisíaco, a bomba faria com que soldados das tropas inimigas se tornassem sexualmente atraídos uns pelos outros. (Talvez tenham aderido à campanha do "faça amor, não faça guerra".)

O documento solicitando essa arma nada convencional foi descoberto em dezembro de 2004 pelo Sunshine Project – uma associação com sede no Texas e na Alemanha que luta contra as armas biológicas – e deu muito o que falar, o que levou o Pentágono a se pronunciar: "O Departamento de Defesa jamais incentivou tal conceito. E nenhum financiamento foi aprovado pelo Pentágono", afirmou um porta-voz militar, o tenente-coronel Brian Maka, que mencionou ainda que essa ideia fazia parte de uma série de propostas sobre armas não fatais, entre as quais estava um produto químico que tornaria os inimigos sensíveis à luz do sol e outra que visava criar abelhas superviolentas (ainda prefiro a "bomba gay").

De acordo com o jornal *Washington Post*, estudos científicos concluíram que, na maior parte dos autorretratos feitos por 165 pintores (de Van Eyck a Picasso), os modelos posam do lado esquerdo. Uma das exceções foi o autorretrato de Rembrandt. Fiquei muito mais tranquila com essa informação!

Fezes de pandas na limpeza da cozinha

Estudantes japoneses de medicina demonstraram no ano de 2009 que os resíduos da cozinha podem ter sua massa reduzida em até 90% com a ajuda de uma bactéria extraída das fezes de pandas gigantes. Fico aqui pensando: tanta cozinha para sanear que os pandas gigantes vão ter que caprichar na matéria-prima.

Gases como reação de defesa diante de uma situação apavorante

A dra. Mara Sidoli, de Washington, DC, EUA, apresentou um fascinante relatório intitulado "Soltar gases como reação de defesa diante de uma situação apavorante" que foi publicado no *Journal of Analytical Psychology*, 1996. A banca examinadora foi muito dura e ameaçou tirar seu título (não divulgaram se isso ocasionou a emissão de gases por parte da dra. Sidoli). A ameaça não foi cumprida ao constatarem que a pesquisa tinha fundamento.

Fevereiro de 2001: o mito de que os pinguins caem para trás quando olham uma aeronave sobrevoando foi por terra graças aos estudos de uma equipe do British Antarctic Survey (BAS) que acompanhou 1.000 pinguins na ilha de Geórgia do Sul durante cinco semanas. Eles balançam, mas não caem. Para realizar o estudo, helicópteros da Marinha Real Britânica sobrevoaram o local, enquanto os estudiosos observavam o comportamento dos animais. "Nenhum pinguim caiu quando os helicópteros se aproximaram", revelou dr. Richard Stone, chefe da equipe.

"Quando as aeronaves se aproximavam, as aves ficavam quietas e paradas, chamando umas às outras, e os pássaros adolescentes começavam a andar para longe do barulho. Instinto animal puro, realmente", concluiu dr. Stone.

Todo mundo já teve a experiência de ficar com uma música na cabeça, mas não tínhamos nenhum conhecimento científico sobre o assunto, até que uma equipe de cientistas americanos da Universidade de Cincinnati se debruçou sobre tão curioso fenômeno e trouxe alguns esclarecimentos: mulheres são mais suscetíveis a esse fenômeno; mulheres ficam mais irritadas que os homens quando alguma música fica na sua cabeça; a música "Who let the dogs out" (um rap) é uma das músicas campeãs de invasão das mentes; pessoas que possuem um grau um tanto elevado de neuroses são as que mais ficam cantarolando as músicas que ouviram.

John Martinez, da J. Martinez & Company, em Atlanta, apresentou em 1999 o *Kopi Luwak:* o café mais caro do mundo. Interessado em degustar? Pois saiba de onde esses cientistas extraíram sua matéria-prima: de grãos de café ingeridos e devidamente excretados pelo *luak,* um animal nativo da Indonésia. Ainda quer um cafezinho *luak*?

O efeito da música country no suicídio

Responsáveis: médicos Steven Stack, da Wayne State University, em Michigan, e James Gundlach, da Auburn University, Alabama.

Seus estudos destacam que os temas encontrados nas letras de músicas *country* podem fomentar o suicídio em pessoas que já estejam em uma fase considerada em risco de cometer suicídio.

O professor David Berman, da Universidade de Medicina da Carolina do Sul, sugere entre as curas para a impotência masculina que “o membro caído seja massageado com uma mistura de dentes de alho e bacon”. Impossível imaginar como surgiu a ideia de fazer massagem com esses ingredientes. E mais: sem querer ser desagradável e estraga prazeres, o que fazer depois com um pênis besuntado de alho e bacon? Por favor, não responda!

Uma pesquisadora em Toronto, Canadá, estudou os banheiros públicos para fazer levantamentos sobre os grafites feitos nesses locais. Concluiu, entre outras coisas, que os grafites feministas imperam e que a mulher ao grafitar usa mais o pronome “eu” do que o homem.

O que as pessoas costumam pensar enquanto fazem sexo

Pesquisa desenvolvida pelo jornal *La Stampa*, de Turim (Itália). Resultado: enquanto fazem sexo, seus leitores costumam pensar em futebol e financiamento da casa. Dependendo da situação financeira do sujeito e do desempenho de seu time, temo pela performance sexual dos italianos.

Fantasia sexual como analgésico

Uma equipe de pesquisadores da Universidade Johns Hopkins, EUA, concluiu que fantasias sexuais podem ser mais eficientes do que analgésico. A pesquisa foi feita da seguinte forma: foram reunidos quarenta estudantes e cada um tinha de ficar com as mãos debaixo da água a uma temperatura de dez graus negativos. Os que se concentraram em suas fantasias eróticas aguentaram o gelo por três minutos. Os que não pensaram em sexo ficaram apenas um minuto com as mãos submersas na água.

Temo que alguns hospitais e postos de saúde que vivem precariamente resolvam colar aqueles calendários de borracheiros em suas paredes.

Ao contrário do que se pensava, as amebas não são assim tão burras. Toshiyuki Nakagaki, Hiroyasu Yamada, Ryo Kobayashi, Atsushi Tero, Akio Ishiguro e Ágota Tóth, pesquisadores do Japão e da Hungria, publicaram na revista *Nature*, no ano de 2000, um estudo demonstrando que o organismo unicelular ameboide (espécie de bolor que se arrasta pelo solo devorando bactérias e fungos) possui “uma inteligência primitiva, mas bastante lógica”. Para chegar a essa conclusão, os cientistas colocaram amebas em um labirinto com comida em dois pontos, longe um do outro. As amebas encontraram, em diversas situações, o caminho mais curto para chegar ao alimento. Os pesquisadores perceberam, ainda, que sempre que elas se aproximavam da comida, apresentavam uma leve contração.

Os matemáticos Michael Tabor, da Universidade do Arizona, e Alain Goriely, da Universidade Livre de Bruxelas, desenvolveram exaustivos estudos para descobrir os motivos que levam os fios dos telefones a se embaraçarem. Resposta: o fio enrola mais frequentemente quando você o estica muito, por exemplo, quando tenta alcançar um papel ou uma caneta para anotar algo. Dessa forma a tensão que o mantinha enrolado é liberada. O caso fica ainda pior se você se virar com o fio esticado para dar uma olhadela em alguma coisa. Aí, provavelmente isso acarretará um nó no fio.

Pesquisadores da Universidade Cornell, nos Estados Unidos, estudaram 52 telas da última ceia de Jesus Cristo pintadas entre os anos 1000 e 1700 e concluíram que a fartura dos alimentos aumentou 69% entre a mais antiga e a mais recente pintura. Os pratos, por sua vez, aumentaram 66%. Um dos quadros analisados foi o de Leonardo da Vinci, *A última ceia.*

Uma cientista brasileira da Universidade de São Paulo pesquisou o riso feminino e concluiu que existe um forte preconceito de cunho machista contra as mulheres que riem muito. A maior parte dos homens as considera, baseados nessa característica, pouco inteligentes. Uma pessoa tida como "normal" ri em média quinze vezes por dia.

Porcos-espinhos transam 365 dias por ano, não importando se a fêmea está ou não no período reprodutivo. A conclusão foi do biólogo sueco Carl-Adam Wachtmeister, da Universidade de Estocolmo.

Gustavo, meu marido, ao saber disso, curiosamente sonhou que era um porco-espinho.

Brigas em bares normalmente terminam com garrafadas nas cabeças. Os pesquisadores Stephan Bolliger, Steffen Ross, Lars Oesterhelweg, Michael Thali e Beat Kneubuehl, da Universidade de Berna, Suíça, estudaram qual "arma" seria mais poderosa: dar na cabeça de alguém com uma garrafa cheia ou vazia? Após estudos e experimentos, concluíram que, embora ambas causem sérios danos (não diga!), as garrafas de cerveja vazias são armas mais poderosas do que as cheias.

Um artigo publicado em setembro de 2008 na revista *New Scientist* revelou que cientistas da Emory University (EUA) conduziram pesquisas para descobrir se chimpanzés poderiam identificar outros chimpanzés observando apenas parte de um de seus semelhantes conhecido previamente. Os estudiosos concluíram que esses primatas têm, sim, essa habilidade, pois conseguiram identificar seus pares quando eram mostradas fotos de suas nádegas.

Atividade cerebral de um gafanhoto

Claire Rind e Peter Simmons, da Universidade de Newcastle, Reino Unido, desenvolveram a experiência de monitoramento elétrico da atividade cerebral de um gafanhoto enquanto ele assistia a uma seleção dos melhores momentos do filme Guerra nas Estrelas. Na descrição científica do trabalho são mencionadas razões como monitoramento de estímulos nervosos diante de movimentos de objetos. O filme *Guerra nas Estrelas* teria sido escolhido pelo fato de conter uma vasta gama de imagens em movimento, e permitiu de uma forma rápida e fácil a apresentação de diversos estímulos. Parece que o gafanhoto teve medo do vilão Darth Vader.

Em março de 1998, *The Associated Press* publicou um estudo conduzido por psicólogos da Universidade de San Diego, na Califórnia, que concluiu que o acrônimo formado pelas iniciais do nome de uma pessoa pode determinar seu tempo de vida. Para isso os pesquisadores analisaram as certidões de óbito emitidas entre 1969 e 1995 na Califórnia e descobriram que 2.287 das pessoas com iniciais como A. P. E. (gorila) não viveram tanto quanto 1.200 homens com acrônimos como A. C. E. (ás). O tempo de vida de sujeitos com iniciais positivas como V. I. P. (pessoa importante), W. I. N. (vencer), W. E. L. (bem) ou G. O. D. (Deus) superou em 4,48 anos o tempo médio de vida daqueles que tinham iniciais que formavam palavras mais neutras (grupo de controle). E os sujeitos com acrônimos como I. L. L. (doente), R. A. T. (rato), B. U. M. (vagabundo) ou D. I. E. (morrer) sobreviveram, em média, 2,8 anos menos do que aqueles com combinações mais positivas (grupo de controle).

No ano de 2000 ocorreu no Chile um projeto cultural que deu o que falar: uma atriz foi trancafiada em uma casa de vidro no centro de Santiago e de lá não podia sair.

Acordava, dormia, fazia suas refeições, tomava banho, fazia xixi e tudo o mais diante de todos. O projeto tinha o propósito, segundo seus criadores, de estimular "o debate entre o público e o privado". Mas o povo não captou o lado cultural da coisa, digamos assim, e, para decepção dos envolvidos no projeto, só queria ver a atriz pelada. Ficavam gritando o tempo todo: "Tira a roupa! Tira a roupa!".

Cheiro de mães e outras lembranças maternas

Pesquisadores da Inglaterra concluíram que a maioria das crianças inglesas relaciona diretamente suas mães ao cheiro de frango e batata frita. As crianças também estabelecem uma relação imediata entre a cantora Madonna e as suas mães. E muitos filhos pequenos associam as suas mães com a personagem Marge do filme *Os Simpsons.*

A Universidade de Lancashire, na Grã-Bretanha, desenvolveu uma pesquisa sobre as coisas que perdemos no nosso dia a dia e chegou às seguintes conclusões: perdemos, em média, um ano de nossas vidas procurando objetos que desaparecem de uma hora para outra; as perdas mais comuns são carteiras, chaves, controles remotos e peças íntimas; os sumiços acontecem, geralmente, em casa e quando estamos com pressa para sair. Acredito que essa conclusão final não se aplique à perda das peças íntimas.

Filosofia do hambúrguer

Conclusões sobre um estudo a respeito de hambúrgueres: "Concretamente, o estudo de hambúrgueres feito por minha classe envolveu não só inglês e filosofia em nosso uso da palavra escrita e lida e análise conceitual, mas incluiu também os aspectos econômicos, no estudo das relações entre bens que introduziram os hambúrgueres no mercado, história e sociologia, na avaliação do que era a dieta diária antes do aparecimento dos hambúrgueres, e as ciências da saúde, em termos do valor alimentício do hambúrguer dominante".

Ira Shor, professor da City University, de Nova York, citado na coluna de cartas do editor do *New York Times*, pela escritora e professora Rachel Erlanger.

Homens com carros caros são mais atraentes para as mulheres

Pesquisa desenvolvida pelo psicólogo dr. Michael Dunn, da University of Wales Institute, publicada no jornal britânico *Telegraph*, concluiu que homens com carros caros são mais atraentes para as mulheres. Os pesquisadores mostraram a foto de um mesmo homem sentado em um caríssimo Bentley Continental e em um Ford Fiesta para que as mulheres dessem suas opiniões. "As mulheres priorizam a riqueza e o status porque os homens que os têm são os que vão garantir o sustento da prole, enquanto o homem se preocupa com a aparência feminina", afirma o dr. Dunn. Acredito que essas conclusões não foram consideradas propriamente uma novidade.

Paleontólogos britânicos da Universidade de Greenwich ficaram felizes e anunciaram em 2002 ter descoberto o vômito fossilizado mais antigo do mundo. A descoberta foi feita numa pedreira ao norte da Inglaterra e o autor do vômito foi um ictiossauro (réptil marítimo) que passou mal há cerca de 160 milhões de anos.

Cientistas americanos do Centro Médico City of Hope desenvolveram pesquisas com drosófilas, mais conhecidas como mosquinhas-das-frutas (aqueles insetinhos que vemos nas bananas em nossas fruteiras), que comprovaram que introduzindo um gene modificado e sensível à temperatura nos neurônios das drosófilas é possível transformá-las em homossexuais. Quando expostos a uma temperatura maior que 30°C, os machos voltam-se para outros machos. Se levados para ambiente mais frio, eles cortejam as fêmeas. Sei não, mas isso me parece frescura!

O teorema do macaco infinito

Esse teorema afirma que um macaco digitando de forma aleatória em um teclado por um infinito espaço de tempo irá quase certamente criar um texto qualquer escolhido, como, por exemplo, a obra completa de William Shakespeare.

Pois bem, interessados em confirmar (ou não) esse teorema, os professores Geoff Cox e Mike Philips, da Inglaterra, fizeram o seguinte experimento, no ano de 2003: colocaram seis macacos e computadores em uma sala durante o período de quatro semanas para ver o que seria gerado. Resultado: os animais produziram cinco páginas de texto sem pé nem cabeça, havendo, porém, uma predileção pela letra "s". Cox afirmou que grande parte do tempo os macacos passaram sentados nos teclados. Philiphs complementou a observação: "Outra coisa que fizeram bastante foi defecar e urinar sobre o teclado".

Auxílio no elevador

James M. Dabbs, Jr. (1937-2004), psicólogo social americano e professor da Universidade da Geórgia, EUA, e Bibb Latané desenvolveram um estudo sobre a capacidade de ajuda entre as pessoas. Concluíram que um número elevado de indivíduos em um elevador reduz a probabilidade de que alguém ajude uma pessoa que deixe cair moedas ou canetas no chão.

Em 2002, pesquisadores americanos da Universidade de Stanford desbancaram o Tiranossauro rex, que tinha fama de ser um grande corredor. Segundo os estudiosos, ele não podia nem sabia correr, por não ter massa muscular suficiente, e só sobreviveu por causa de suas passadas lentas, mas largas, que permitiam capturar animais menores. Resumindo: nosso amigo Tiranossauro rex passou de Schumacher para Rubinho.

Pesquisas britânicas descobriram que a ovelha tem capacidade de se lembrar de pelo menos cinquenta rostos de outras ovelhas e que conseguem guardar a fisionomia de pessoas, mesmo quando não as veem constantemente.

Pagaria pra saber como esses estudiosos chegaram a essa conclusão. Teriam eles ouvido por parte das ovelhas algo do tipo "Não conheço você de algum lugar?".

No ano de 2002 pesquisadores dos Emirados Árabes divulgaram ter conseguido desenvolver melancias quadradas. Na ocasião, anunciaram pesquisar o desenvolvimento de tomates e pimentas também quadradas.

Segundo Silvia Helena Cardoso, psicobiologista da Universidade Estadual de Campinas – Unicamp, o ser humano não é o único animal capaz de rir. Macacos e cachorros riem: "Emitem uma vocalização ofegante diferente do latido ou de quando atacam". E rato gargalha: "Eles riem quando brincam de rolar no chão". Estou seriamente desconfiada de que as cobaias da dra. Silvia atendiam pelos nomes de "Macaco Louco", "Pateta" e "Mickey".

Formigas são traiçoeiras e corruptas

Os pesquisadores Bill Hughes, da Universidade de Leeds, na Grã-Bretanha, e Jacobus Boomsma, da Universidade dc Copenhagen, Dinamarca, descobriram que determinadas formigas conseguem burlar o sistema, garantindo que seus filhotes se tornem rainhas reprodutivas em vez de operárias estéreis. "Quando estudamos insetos sociais como formigas e abelhas, com frequência é o aspecto cooperativo de sua sociedade que aparece primeiro", disse Hughes.

"Mas, quando você examina mais de perto, pode ver que há conflito e tapeação – e, obviamente, a sociedade humana também é um exemplo primordial disso. Acreditava-se que as formigas fossem exceção, mas nossa análise genética mostrou que a sociedade delas também é abundante em corrupção – e corrupção real!"

A pesquisa foi financiada pela Fundação Carlsberg e publicada em *Proceedings of the National Academy of Sciences.*

Vejamos: nepotismo, corrupção, traição, trapaça... Acho que já vi essas formigas antes. Onde teria sido mesmo? Será que foi no Congresso? Essa minha memória não anda nada boa, mas, seja lá como for, vejo um futuro bastante promissor para as formigas na política!

Ferimentos médicos causados por cocos que caem

Estudo desenvolvido por Peter Barss, da McGill University, Canadá.

O dr. Barss trabalhou em um hospital em Papua Nova Guiné, onde alega ter atendido diversos casos de pessoas que sofreram lesões ao se deitarem debaixo de coqueiros para tirar um cochilo.

Leoas gostam mais de morenos, ou seja, preferem leões com jubas mais escuras e compridas. Tal descoberta foi feita por cientistas da Universidade de Minnesota, EUA, que se embrenharam numa reserva africana e espalharam bonecos de leões com diferentes tipos de juba. Os morenos foram os mais requisitados.

Fala sério: os caras se dão ao trabalho de preparar bonecos de leões, se embrenham numa reserva africana e ficam ali estudando as reações das leoas, tudo isso para concluir que elas preferem leões morenos. Isso é muito importante pra quê?

Fiona Hunter, uma pesquisadora da England's Cambridge University, estudou durante cinco anos os hábitos dos pinguins e em 1998 divulgou os resultados na *BBC News*. Hunter observou que as fêmeas aceitam fazer sexo com machos em troca de pedras para construir seus ninhos. Notou também que alguns machos aumentam a oferta oferecendo mais pedras depois de terminar a relação sexual. Hunter conclui que foi a primeira vez que se observou prostituição em um animal que não o ser humano.

Já vi tudo: mais um animal para "xingarem" as mulheres. Depois de vacas e piranhas, seremos também chamadas de pinguins. Tipo assim: "Tá vendo aquela garota ali? É uma tremenda pinguim!".

Por que o espaguete seco sempre se quebra em mais do que dois pedaços

Os físicos Basile Audoly e Sebastien Neukirch, da Université Pierre et Marie Curie, Paris, desenvolveram um estudo para entender por que normalmente um espaguete seco, ao ser flexionado, quebra em cerca de três ou quatro lugares. Os resultados mencionam coisas como ondas de flexão, dinâmica de material, curvatura de vara etc.

Tudo bem que na escola nunca fui propriamente uma sumidade em física, mas não é muito estudo para tão pouco? Fossem eles adolescentes, provavelmente suas mães lhes dariam uma bronca: "Sebastien, deixa de palhaçada, larga o meu espaguete e vai estudar, menino!".

O cérebro dos taxistas londrinos e o cérebro dos demais cidadãos

Os médicos Eleanor Maguire, David Gadian, Ingrid Johnsrude, Catriona Good, John Ashburner, Richard Frackowiak e Christopher Frith, da University College of London, Inglaterra, apresentaram provas conclusivas de que determinada parte do cérebro dos taxistas londrinos é mais desenvolvida que a dos demais cidadãos. O estudo feito pelo Instituto Neurológico de Londres mostra que o hipocampo posterior do cérebro (região responsável pela orientação espacial) dos taxistas londrinos é mais desenvolvido. A coordenadora do estudo alega que isso pode ser explicado pelo fato de esses profissionais passarem por um período de aprendizagem especial com dois anos de duração, em que têm de aprender a conhecer a cidade, ler mapas e saber lidar com o público, o que pode ter ocasionado uma reorganização cerebral e o desenvolvimento da zona responsável pela orientação espacial.

Pesquisadores do Centro Golfinho Rotador, em Fernando de Noronha, descobriram que existem golfinhos gays machos e fêmeas. “Entre os machos observamos que 8 (entre 21) se limitavam ao sexo oral.” Descobriu-se, ainda, que golfinhos praticam sexo pelo simples prazer e não apenas para procriar.

Gritos para melhorar a performance sexual

O médico inglês David Lewis, especialista em estresse, recomenda que as pessoas berrem, gritem ou urrem bem alto antes de transar, pois isso faz com que elas se tornem desinibidas e liberem as tensões, aumentando, assim, a energia sexual (espero que meus vizinhos não leiam isso). Outra valiosa dica do dr. Lewis é para que a pessoa assista a um filme de terror antes da transa, pois o medo estimula os hormônios e garante uma relação sexual mais prolongada. Considerando esses estudos, melhor do que qualquer Viagra é ver um filme de terror daqueles que façam a pessoa gritar de medo.

Efeito Pinóquio

Alan Hirsch, da Fundação para o Tratamento do Olfato e do Paladar da Universidade de Illinois (EUA), apresentou seu estudo intitulado "O efeito Pinóquio", que confirmaria a lenda de que o nariz cresce ao mentirmos: "Quando alguém mente, ocorre uma mudança espontânea no tecido da mucosa que reveste a parte interna do nariz".

A flatulência alheia pode ser algo além de desagradável. Pode ser fatal. Pesquisadores da Universidade de Amsterdã concluíram em 2000 que uma pessoa que esteja por muito tempo exposta à flatulência de colegas de trabalho, parentes ou amigos pode ter seu sistema imunológico enfraquecido e, em alguns casos, pode levar o sujeito à morte. "A pessoa que inspira os gases alheios, assim como o fumante passivo, está se envenenando lentamente", esclareceu o dr. Hans Sholten.

Depois de "fumantes passivos", vêm aí os "peidões passivos". Em breve os empreendimentos comerciais podem vir a inaugurar "peidódromos".

Os médicos veterinários Catherine Douglas e Peter Rowlinson, da Universidade de Newcastle, no Reino Unido, pesquisaram e concluíram que as vacas que possuem nomes dão mais leite que aquelas não "batizadas" por seus donos.

A pesquisadora holandesa Johanna E. M. H. van Bronswijk realizou um rigoroso e abrangente censo de todos os insetos, aranhas, carrapatos, fungos e plantas que vivem nas camas. Saber mais sobre isso é pesadelo na certa. Melhor deixar quieto.

INVENÇÕES

Algumas invenções merecem toda a nossa atenção e respeito; produtos criteriosamente desenvolvidos para tornar nossas vidas melhores. Outras, porém, não passam de traquitanas quase úteis e esquisitas apresentadas com orgulho por seus dedicados criadores, que, não podemos negar, são altamente criativos.

Vara de pescar com um balão acoplado. Quando o peixe fisga a isca o pescador aperta um botão que enche o balão de gás, levantando-o. Assim não precisa ter o "trabalho" de puxar a vara de pescar.

Nome do invento: *Flying Fish.*

Cinto de castidade tecnológico: inventado por Zho Zin, policial da cidade de Xangai. Trata-se de uma calçola fechada por vários cintos finos ligados a um cadeado que só abre com uma senha e um cartão eletrônico.

Sutiã antitarado: inventado por um britânico, o sutiã avisa as autoridades quando a mulher estiver sendo atacada. A engenhoca, chamada de *Smart Bra* (sutiã esperto), ao detectar mudanças repentinas no batimento cardíaco, dispara um dispositivo que indica a localização da mulher, enquanto um pequeno aparelho celular colocado na alça do sutiã chama a polícia.

Será que não pensaram que os batimentos cardíacos podem ser alterados em outras tantas circunstâncias?

Mesa *airbag*: o alemão Mathias Knigge inventou a mesa de escritório que, quando se aperta um botão, vira uma almofada gigante: "É boa para tirar um cochilo no trabalho", explica Knigge.

Armaduras antiursos: Troy Hurtubise, de Ontario, Canadá, é um inventor de armaduras. Inspirado nos filmes *Robocop, Batman* e *Star Wars*, inventou uma armadura à prova de balas para ser usada por soldados, inclusive contra armas pesadas utilizadas para abater elefantes. Além disso, inventou também uma armadura à prova de ursos-pardos. Esta, porém, mostrou-se excessivamente pesada e incômoda.

Testículos artificiais: o médico veterinário Gregg A. Miller, de Oak Grove, Missouri, inventou os *Neuticles* (testículos artificiais de reposição para cães que foram castrados). A prótese está disponível em três tamanhos e três níveis de firmeza.

Miniavental para nádegas: as americanas Laurie Hutton e Lois Listopad inventaram, no ano de 2000, um miniavental para cobrir as nádegas de pessoas hospitalizadas que são obrigadas a usar aqueles aventais que deixam o bumbum dos pacientes à mostra.

Sanduíche mofado: embalagem plástica transparente imitando mofo para afastar gulosos e pessoas que roubam marmitas e lanches alheios.

Vaso sanitário brilhante e musical: criado por uma empresa japonesa, o vaso sanitário possui assento que brilha no escuro e que, durante o uso, toca seis trilhas sonoras diferentes, incluindo trinados de pássaros, ruído de água corrente ou som de harpas japonesas.

Caixões gaiatos: a WhiteLight, empresa funerária do Texas, EUA, lançou em 1999 uma linha de caixões com desenhos exclusivos, simpáticos e diferentes, como por exemplo um caixão com dizeres "Return to Sender" (devolver ao remetente). Outro modelo era feito de aço com aparência de um pacote embrulhado e pronto para ser remetido contendo como "destinatário" os "Portões Celestiais". Já na "Coleção Primavera" a empresa oferece caixões com desenhos de anjos, Nossa Senhora de Guadalupe e com a bandeira da Irlanda.

Alarme de gato para teclados: Chris Niswander, de Tucson, inventou o software *PawSense*, que detecta quando um gato passa por cima de um teclado de computador.

Detectores de infidelidade: Takeshi Makino, presidente da Safety Detective Agency, de Osaka, Japão, desenvolveu e comercializa o *spray S-Check*, que detecta infidelidade. O aerossol deve ser aplicado na cueca ou na calcinha e fica verde caso tenha vestígios de esperma. A invenção foi publicada na revista *New Scientist* e custa cerca de 200 dólares. A agência comercializa ainda dois tipos de gel: um que deve ser passado discretamente nas costas do cônjuge; caso a pessoa tome uma ducha, voltará para casa com manchas no local. O segundo gel deve ser passado no pé. Se a pessoa tirar a meia e assim ficar por mais de quinze minutos, também ficará com manchas na pele.

Vai ter muita gente por aí deixando de usar calcinha e cueca, ficando sem tomar banho depois da pulada de cerca e transando de meias.

Mesa rotatória para partos: os médicos George e Charlotte Blonsky, de Nova York, inventaram uma mesa giratória para ser usada pelas mulheres na hora do parto normal. A paciente ficaria amarrada no centro, de pernas abertas, e a mesa giraria em alta velocidade, o que ajudaria no parto através da força centrífuga. Até onde se sabe, seus criadores não conseguiram encontrar quem quisesse testar a invenção. Além disso, não haviam apresentado uma solução sobre como aparar os bebês ao serem expelidos.

Sutiã-máscara: os cientistas Elena Bodnar, Raphael Lee e Sandra Marijan, de Chicago, nos Estados Unidos, inventaram um sutiã que rapidamente se transforma em um par de máscaras de gás – um para a usuária do sutiã e outro para alguma pessoa que esteja próxima.

Caixões de casais: Joaquín Ortúzar, *designer* chileno, criou um caixão duplo para abrigar casais que queiram ser enterrados juntos: "São ideais para casais que morrem em acidentes", diz o inventor. Custo: cerca de 2 mil dólares (em 2002). Isso, sim, é que é levar a sério o compromisso religioso "até na hora de nossa morte".

Vibrador para porcas: a empresa belga Schippers criou o *MS Reflexator*, um vibrador para porcas. Segundo seus criadores, o aparelho deixa as fêmeas mais relaxadas, o que facilita a introdução do esperma na inseminação artificial. "Há muitas mulheres que gostam de vibradores. Se gostam, é porque lhes fazem bem. Então pensamos em desenvolver esse aparelho para uso na pecuária, já que as porcas são inseminadas artificialmente com bastante frequência", explicou um porta-voz da empresa.

Penteado de careca: Donald J. Smith e seu pai, Frank J. Smith, de Orlando, Flórida, EUA, patentearam o penteado denominado *Combover:* forma de se pentear o cabelo usado por carecas, em que se deixa crescer mais uma parte do cabelo para cobrir a parte calva.

Capuz para cochilo: a designer alemã Simone Wittman criou um capuz batizado de *Napper* (cochilador) para as pessoas usarem para tirar um cochilo no ônibus ou no metrô. O capuz tem fones de ouvido embutidos que funcionam por Bluetooth e um cadeado que soa um alarme caso alguém tente levar a mochila ou bolsa do dorminhoco.

Máquina do nada: em 2009, um sujeito de codinome Sask View (provavelmente nativo de Saskatchewan, província situada no oeste do Canadá) inventou a "máquina inútil" (*useless machine*), que serve para... nada! Trata-se de uma pequena caixa de madeira com uma engenhoca que, ao ter um botão apertado, abre uma "porta" e de dentro dela sai um braço de madeira que toca seu dedo, depois volta a se recolher. O sujeito classifica sua invenção como sendo a máquina mais inútil já construída. Pois bem: já vendeu muito, possui site ensinando pessoas a fabricarem suas próprias máquinas do nada e seu vídeo no YouTube e em junho de 2010 já contava com mais de três milhões de visitas.

Roupa de baixo antipum: Buck Weimer, cientista de Pueblo (Colorado), inventou uma roupa de baixo denominada *under-ease* que possui um filtro substituível de carvão que remove a flatulência antes que os gases escapem. Em um site especializado você pode encontrar modelos masculinos (cuecas), femininos (calcinhas) e tamanhos especiais (GG).

Repelentes de adolescentes: Howard Stapleton, de Merthyr Tydfil, País de Gales, inventou um repelente eletromecânico que promete afastar adolescentes. O aparelho emite sons agudos desagradáveis, ouvidos por adolescentes, mas não por adultos; posteriormente utilizado em toques de telefone celular audíveis aos adolescentes, mas não a seus professores, também ficou conhecido como "O Mosquito".

Túmulos que brilham: a empresa funerária austríaca Fuerrot lançou no ano de 2003 uma linha de túmulos que brilham no escuro, para pessoas que queiram visitar seus parentes à noite sem se perder.

Campainha antichatos: inventada em 1934. Se alguém quiser tocar a campainha, terá que colocar uma moeda, que será ou não devolvida por quem atender à porta. Por exemplo, se a visita não for desejável, ou se for um vendedor, um cobrador, sua sogra etc., a pessoa não devolve a moeda.

Torradeira meteorológica: inventada em 2001 na Inglaterra, a torradeira, conectada à internet, imprime no pão a previsão meteorológica do dia: sol, nuvens ou chuva.

No ano de 2001, John Keogh, de Hawthorn, Austrália, patenteou a roda. **Número da patente:** 2001100012. Alegou querer provar a ineficiência do sistema de registro de patentes.

Gravata-travesseiro (*pillow tie*): na mesma linha da mesa *airbag*, descrita anteriormente, esse invento favorece aqueles que gostam de tirar um cochilo no trabalho. Aparentemente é uma gravata como outra qualquer, mas internamente ela possui uma válvula, similar a uma boia, que quando assoprada infla a gravata, transformando-a em um pequeno travesseiro. Ideal para um cochilo fortuito no local de trabalho. Para que o sujeito não chame atenção indo todo dia com a mesma gravata, são oferecidas mais de sessenta estampas diferentes.

Camisinha musical: camisinha que, por meio de um chip, pode tocar uma música durante seu uso. Outra opção seria utilizar uma mensagem de voz.

Difícil imaginar uma mensagem apropriada para a ocasião!

Guarda-chuva para sapatos: delicados guarda-chuvas presos aos bicos dos sapatos prometem protegê-los da chuva.

LEVANTAMENTOS NUMÉRICOS

Incrível constatar que existem pesquisadores e cientistas à solta por aí, dedicando suas vidas a quantificar de um tudo nesse mundo! Profissionais seriíssimos que após exaustivos estudos apresentam suas conclusões: uma profusão de levantamentos numéricos os mais esdrúxulos possíveis e notícias quase importantes sobre assuntos quase interessantes que nos trazem uma vasta sabedoria, uma gama de informação infindável, impressionante e, na maioria das vezes, inteiramente inútil! Descobertas que, em geral, não vão alterar rigorosamente em nada nossas vidas.

As mulheres loiras têm, em média, 140.000 fios de cabelo, as morenas 110.000 e as ruivas 90.000. E 100% das loiras se divertem mais.

O comprimento médio do pênis dos brasileiros é de 16 centímetros.

Quando você espirra, o ar sai do seu nariz a uma velocidade de 160 km/h, em média. Os homens espirram mais que as mulheres. Ninguém consegue espirrar de olhos abertos.

As mulheres piscam os olhos duas vezes mais que os homens.

No ano de 2001, pesquisadores do Instituto Momentum Financial Service estudaram o histórico do comportamento dos britânicos nas festinhas de final de ano das empresas e, a partir dos dados dos vexames anteriores, projetaram o que poderia acontecer no ano seguinte:

– 13 milhões, ou metade da população economicamente ativa do país, participariam das festas das organizações.

– 2,3 milhões de ingleses ficariam bêbados.

– 722 mil colaboradores, pelo menos, tentariam beijar à força um colega ou uma colega durante a troca de presentes do amigo oculto.

– 92 mil colaboradores se deitariam sobre máquinas de Xerox e tentariam tirar cópias de partes do corpo.

Pesquisa desenvolvida por solicitação de uma empresa de cuecas concluiu que 1 em cada 7 homens na Inglaterra já usou calcinha. Sei, não!

Pesquisadores americanos promoveram uma contagem de espermas por centímetro cúbico em diferentes países.

Resultado: o maior número foi encontrado em Nova York: 112,1; em segundo lugar, Washington: 110,0; franceses: 98,8; brasileiros: 67,6; em último lugar ficaram os homens de Iowa: 48,0.

Robert Levine, autor do livro *A geography of time,* cronometrou a velocidade dos pedestres e funcionários dos correios de todo o mundo, visando comparar o ritmo de cada local. Os mais rápidos, segundo ele, são os habitantes da Suíça, depois da Irlanda, seguida por Alemanha, Japão e Itália. O Brasil amargou a 29ª colocação, ganhando da Indonésia e do México, que atingiram a 30ª e a 31ª colocação, respectivamente.

Quinze por cento das mulheres americanas mandam flores para si mesmas no Dia dos Namorados.

Quantidade média de calcinhas que algumas mulheres compram mundo afora, segundo pesquisas: na Inglaterra elas compram cerca de 14 por ano; nos Estados Unidos, 12; na Venezuela, Colômbia e Brasil houve um empate: 7; e na Argentina a média é de 4 calcinhas compradas por ano.

Em média, uma pessoa produz cerca de um litro de gases por dia, distribuído em mais ou menos 14 puns diários. Com certeza essa quantidade pode ser diretamente afetada pela quantidade e qualidade do que se come.

A indústria americana NCR, uma das principais fabricantes de caixas eletrônicos tanto para os Estados Unidos como para os países da Europa, encomendou uma pesquisa sobre o comportamento das pessoas diante dos caixas e concluiu:

– 40% dos americanos têm o hábito de falar com caixas eletrônicos.

– 42% dos ingleses invariavelmente xingam as máquinas, quer funcionem ou não.

– 53% dos alemães agradecem aos caixas eletrônicos quando acabam de utilizá-los.

Segundo estudos da Universidade da Polônia, em um jogo de cara ou coroa, as moedas do euro apresentam mais probabilidade de dar cara. "O euro é assimétrico", diz Tomasz Glixzczynski, coordenador da equipe de pesquisadores que atirou a moeda para o alto 250 vezes. O resultado foi cara em 140 jogadas.

O homem sai em média quatro vezes com uma mulher antes de consumar o ato sexual – 41% reconhecem que transariam logo na primeira saída, se isso não pegasse tão mal.

Mais de mil pássaros morrem por ano esmagados nas janelas das residências nos Estados Unidos.

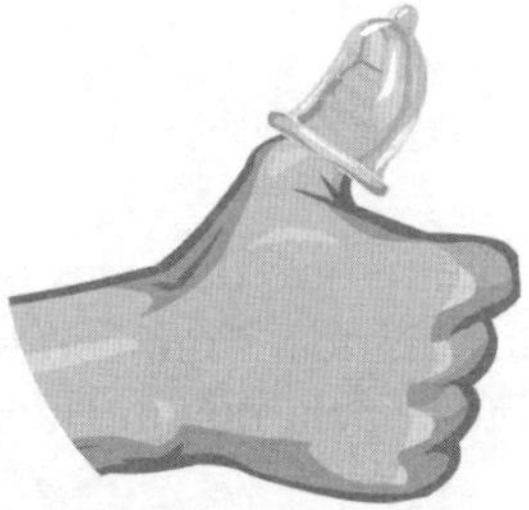

O tamanho médio do pênis do homem é três vezes o comprimento do seu polegar.

Casais que vivem juntos, mas não são legalmente casados, têm 28 relações sexuais a mais por ano que os casadinhos no papel.

A cada segundo 18 mil orgasmos acontecem no mundo.

Quantas dentadas você precisa dar para comer um cachorro-quente?

Cinquenta e oito por cento dos homens devoram um cachorro-quente com até cinco mordidas, enquanto com essa mesma quantidade de mordidas apenas 29% das mulheres comem seus *hot-dogs.*

Com seis mordidas o placar pula para 34% dos homens contra 53% das mulheres.

Os números, porém, caem drasticamente quando falamos em mais de seis mordidas: apenas 8% dos homens e 18% das mulheres (resultado obtido por pesquisa desenvolvida nos Estados Unidos).

Se enfileirássemos todos os cachorros-quentes consumidos pelos americanos no período de um ano, poderíamos fazer uma ponte com o comprimento equivalente ao dobro de distância da Terra até a Lua.

Pesquisa realizada nos Estados Unidos relacionou algumas características peculiares em mulheres que fizeram implantes nos seios (revista *Time*):

– 70% dessas mulheres têm pelo menos um ano do segundo grau, enquanto entre as que não implantaram nada nos seios o porcentual é de 58%.

– No rol das implantadas, 25% tomam sete ou mais drinques por semana. O porcentual entre as não implantadas que ingerem a mesma quantidade é de 15%.

– No time das siliconadas, 39% tiveram mais de catorze parceiros sexuais e 85% usam descolorante de cabelos. Já entre as não siliconadas, apenas 10% tiveram mais de catorze parceiros e 59% descoloriram suas madeixas.

Resultado de pesquisa desenvolvida pela cadeia de pizza Domino's, ao longo de um ano:

– 21% das pessoas que pediram pizza usando nome falso estavam assistindo ao programa *Beavis & Buthead*. O nome mais usado é Dennis Rodman, e, dessas pessoas, 38% atenderam à porta vestidas de *drag queen*.

– 31% das pessoas que atenderam à porta vestindo jaqueta de couro pediram pizzas vegetarianas.

– No dia em que o filme *Independence day* estreou nos cinemas, o número de pedidos falsos para a Casa Branca aumentou em 38%.

– Nunca se pediu tanta pizza de cogumelos como no dia em que Timothy Leary morreu.

– 1.500 pizzas foram entregues em casas em que seus ocupantes estavam ouvindo a música *Macarena*.

Uma mulher se depila durante a vida (entre os 16 e 55 anos de idade) cerca de 6.336 vezes.

A comida leva 7 segundos da boca ao estômago.

Quarenta e três por cento das mulheres acham muito mais excitante comprar sapatos do que ver um homem nu ou fazer sexo com seu marido (nada foi dito sobre sexo com marido alheio); 6 entre 10 mulheres preferem fazer compras a transar.

Pesquisas desenvolvidas pelas revistas *Men's Health Magazine* e *Option*.

Em 1995 um japonês recitou, de memória, os 42 mil primeiros dígitos do número Pi (3,14159...) em nove horas.

Ao lamber um selo você estará consumindo 1/10 de uma caloria. Já inventaram "selo *diet*".

O maior voo de uma galinha foi de 13 segundos.

Sete por cento dos noruegueses trocam a roupa íntima uma vez por semana, segundo pesquisa da AC Nielsen. (Cruzes!)

Pesquisa desenvolvida no ano de 2000 pela Lorraine Exames entrevistou 2 mil mulheres inglesas entre 18 e 35 anos, concluindo o seguinte:

– 38% das mulheres inglesas já fizeram sexo no seu local de trabalho.

– 65% declararam que foi bom e gostariam de repetir a experiência.

– 16% disseram que mantiveram relações sexuais com seus colegas de trabalho no banheiro, na sala de seus chefes, nos elevadores e dentro de armários.

– 20% frisaram que não fizeram sexo com seus superiores em busca de promoções no trabalho.

Robert Faid (1929-2008), americano de Greenville, Carolina do Sul, numerologista com formação em engenharia nuclear e teologia, calculou a exata probabilidade de o ex-presidente da União Soviética Mikhail Gorbatchev ser o anticristo.

Resultado de seu estudo: 710.609.175.188.282.000 para 1.

Profissões, Atividades & Negócios

É possível que ao menos algum dia na sua vida você tenha se questionado se seu ofício é algo que realmente faz a diferença para a humanidade e se sua ocupação profissional o realiza. Algumas pessoas, porém, tocam suas vidas mostrando-se muito bem resolvidas, mesmo trabalhando com coisas bastante bizarras, esquisitas, extravagantes e, muitas vezes, inúteis! Nossas funções prosaicas devem deixá-las chocadas. Como o cientista John, que, enquanto vasculha mais uma amostra de fezes fossilizada de um provável ser da era Mesozoica, conversa com seu assistente: "Que sujeito estranho, aquele João: acorda todo dia e sai para trabalhar como bancário! Eu, hein! Cada uma que a gente vê!".

Leitor de bunda: o parapsicólogo cego alemão Ulf Buck jura que através da leitura das nádegas de seus clientes pode saber detalhes de suas vidas. Diz que as nádegas informam muito mais sobre o presente e o futuro do que a leitura das mãos ou de qualquer outra parte do corpo. Como é deficiente visual, sua leitura é feita no método braile.

Em 2002 foi anunciado que uma empresa na Califórnia estava vendendo ingressos para o paraíso por 15 dólares mais o frete de 4,95 dólares. O pacote incluía um certificado de autenticidade (!?) e um lembrete de que o bilhete, válido para apenas uma pessoa, deveria ser colocado no caixão do interessado.

No Canadá foi criado um serviço de entrega de comida. Até aí, tudo bem, se não fosse pelo seguinte detalhe: a comida entregue será exatamente a de algum condenado à morte nos Estados Unidos, que, como se sabe, tem o direito de escolher sua última refeição. O pedido deve ser feito com dias de antecedência, custa 20 dólares (mesmo valor gasto com a comida dos condenados) e só é entregue para moradores de Toronto. Ao fazer o pedido, o cliente não sabe qual prato receberá em casa. O pessoal do *delivery* é que escolhe e ainda manda junto uma máscara de papel com o rosto do condenado.

Um jornalista da *Vice Magazine* fez o teste e recebeu o pedido de Jimmy Dale Bland, presidiário de número 1084, condenado à morte por assassinato. Foi entregue a seguinte refeição: três pedaços de frango frito, quatro pedaços de pizza, uma caixa de sorvete de baunilha, um bolo de chocolate e uma garrafa de refrigerante Dr. Pepper.

A empresa suíça Cow Placard Company criou um espaço publicitário inusitado: anúncios escritos ou pendurados em vacas que pastam à beira das estradas. Valor cobrado: 375 dólares por vaca.

O americano Ray Lines, dono de uma videolocadora em Utah, nos Estados Unidos, faz, por conta própria, uma censura em todos os filmes que compõem o acervo de sua loja. Cenas de sexo e violência são sumariamente cortadas dos filmes. No filme *Titanic,* por exemplo, Leonardo DiCaprio não dá um beijinho sequer no rosto de Kate Winslet. Outro filme que passou pela censura foi *A lista de Schindler.* Ray Lines garante que, apesar dos cortes, os filmes têm começo, meio e fim.

Uma agência de viagens da República Tcheca lançou no ano de 2010 um pacote de viagens para bichos de pelúcia. Por 90 euros, a empresa leva os bichinhos, tira fotos na frente dos principais pontos turísticos de Praga e, em seguida, envia as fotos para o dono em um CD.

O site *Trade Me* anunciou, em 2010, estar leiloando um par de "fantasmas engarrafados". Segundo os responsáveis pela venda, os fantasmas foram exorcizados na casa em que eles viviam na Nova Zelândia. O exorcista disse ter aprisionado os fantasmas nos tais frascos e ainda mencionou que um deles atende pelo nome de Les Graham, sujeito que teria morado na casa por volta de 1920. Quem comprar, segundo instruções, deve virar o conteúdo em um prato, deixar evaporar e arcar com as consequências.

A funerária Celestis, do Texas, no ano de 2000 passou a vender vagas para quem quiser ter seus restos mortais "enterrados" na Lua. Para isso fez parcerias com empresas que financiam viagens espaciais. Na época o custo dessa modalidade de enterro saía por volta de 13 mil dólares.

Everest Funeral é uma empresa americana que oferece cirurgia plástica para defuntos vaidosos. Segundo Mark Duffey, diretor da companhia, foi-se o tempo em que as pessoas costumavam dizer: "'Apenas me ponham em um caixão e me enterrem'. Hoje, querem ser lembradas, e o enterro é o seu último grande evento e elas querem estar bem". Entre os serviços oferecidos estão o Botox e preenchimento de lábios e bochechas.

Sergei Knyazev trocou a psicologia pelo mundo do entretenimento e tornou-se um empresário rico e conhecido. Qual o seu negócio? Ele criou na capital russa uns "jogos" para milionários pós-soviéticos. Seus clientes (celebridades, políticos e pessoas influentes de todo o país) pagam fábulas de dinheiro (pelo menos 5 mil dólares por pessoa) para participar dos tais "jogos", que consistem, por exemplo, em: passar o dia vestido de mendigo e músico e ficar pedindo esmola nas estações de trem de Moscou ou em locais turísticos ou trabalhar como garçom ou garçonete em restaurantes sórdidos e que têm uma clientela rude e grosseira. Para casais, um dos jogos mais procurados é o que as mulheres se vestem de prostitutas e seus maridos ficam observando elas negociarem com possíveis clientes. Nesses jogos, vence aquele que juntar mais trocados ao final do dia. Empreendimento de modismo? Foi o que pensei também, mas os tais jogos oferecidos por Sergei estão no mercado desde 1997 e até o ano de 2009, pelo menos, continuavam fazendo muito sucesso.

Primo Fumagalli, dono da empresa funerária Primacassa, em Roma, oferece caixões e urnas coloridos e personalizados: "Alguns caixões são aerodinâmicos e as urnas para depósito de cinzas são tão bonitas e alegres que os parentes do morto podem deixá-las na sala", disse Fumagalli, e ainda concluiu:

"Gostaríamos que as pessoas se lembrassem de funerais como se lembram dos casamentos – mas longe de mim, com isso, dizer que há casamentos que se parecem com funerais".

Uma empresa americana oferece o envio das cinzas humanas para o espaço sideral. Em 2001, por exemplo, um foguete levou 48 cápsulas do tamanho de um batom. Cada família pagou 5,3 mil dólares. As cápsulas ficam em órbita durante anos e se desintegram ao reentrar na atmosfera.

Salão de Beleza para Morto: assim foi anunciada a diversificação dos negócios da Funerária Morte e Vida, em Brasília, que passou a oferecer, entre outros, os serviços de depilação das pernas (meia perna ou inteira) para mulheres que quiserem ser sepultadas de saia curta; banho, penteado e maquiagem e o toque final: uma gota de perfume francês.

Em 2001 um jovem africano de 23 anos chamado Aleobiga Aberina foi procurar um feiticeiro da sua aldeia. O bruxo então lhe falou sobre os poderes sobrenaturais de ter o "corpo fechado", ou seja, protegido contra a morte. Ensinou como conseguir tal feito e Aleobiga fez tudo direitinho: untou seu corpo com uma pasta feita de ervas. Em seguida pediu a um amigo que atirasse com um rifle em seu peito: "Pode atirar, tenho o corpo fechado!". O amigo atirou. Aleobiga morreu. Ao ser procurado por amigos e familiares, o feiticeiro explicou: "Não dou garantias do meu serviço".

Jim Knowlton, moderno renascentista, criou um pôster anatômico intitulado "Pênis do Reino Animal" que contou com o valioso auxílio do Fundo de Doação das Artes dos Estados Unidos (U.S. National Endowment for the Arts), que publicou o trabalho num livro *pop-up*. O pôster compara os tamanhos dos pênis, começando com o maior: da baleia (que pode chegar a 3 metros de comprimento), passando pelo do elefante, da girafa, búfalo, cavalo, porco, golfinho, carneiro, cabra, hiena e cachorro, até chegar ao do homem.

Cientistas que pesquisam a malária, transmitida por mosquitos como os da espécie *Anopheles darlingi*, tornam-se, em nome da ciência, banquetes desses insetos. O pesquisador Helge Ziegler, por exemplo, afirma que já desenvolveu um trabalho em que se deixava picar pelos mosquitos no mínimo duas vezes por semana durante cerca de três horas depois de capturar cerca de quinhentos mosquitos. Resultado: uma média de 3 mil mordidas ao fim de cada sessão de trabalho. Além de sofrer com as mordidas, os pesquisadores correm o risco de contrair malária, mesmo tomando medicamentos profiláticos. Ziegler conta que, em uma de suas expedições, pegou uma malária que demorou dois anos para ser curada.

O artista plástico italiano Piero Manzoni, por volta de 1961, defecou em 90 latas, lacrou-as e congelou-as. Chamou isso de obra de arte. Deixa estar: no ano de 2002, a galeria pública de arte Tate, de Londres, pagou 33 mil dólares por uma dessas latas para colocá-la em exposição.

Julgadores de odores são comuns em pesquisas de empresas que fabricam produtos como os de higiene bucal. Eles trabalham cheirando o hálito de voluntários para testar a eficácia do produto (irc!).

Outro tipo de trabalho na mesma linha diz respeito ao teste para comprovar a eficácia de um desodorante. Nesse caso os pesquisadores cheiram as axilas alheias (irc!).

Dentro dessa linha o gastroenterologista Michael Levitt desenvolveu uma pesquisa em que pagou duas pessoas para cheirar a flatulência de outras 60 que tinham comido um tipo de feijão e depois tiveram um tubo de plástico inserido no ânus (nada fácil, também, essa participação) para colher as tais amostras de pum. Depois de cada "episódio de flatulência", o odor era levado a um recipiente que mantinha a integridade do cheiro (vai vendo!). Os pesquisadores/juízes cheiraram ao menos 100 amostras, que foram devidamente classificadas quanto ao mau cheiro (irc!).

O artista australiano Tim Patch, que se autodenomina "Pricasso", pinta seus quadros com seu pinto. Sim, é isso mesmo. Em vez de usar pincel ele usa o pênis para confeccionar suas obras de arte. Sua especialidade são os retratos. Você fica ali posando e o sujeito pintando. Literalmente!

Cosimo Cavallaro, artista plástico canadense, apresentou em 1999 sua instalação: derreteu 454 quilos de queijo suíço em um forno de micro-ondas e esparramou tudo pelo chão, paredes, lustres, TV, quadros e tudo o mais que estava no quarto do hotel, onde apresentou seu trabalho, intitulado Room 114. "Vou correr o risco de ser chamado de idiota", disse Cavallaro. Imagine!

O cemitério Hollywood Forever, de olho na diversificação do mercado, a partir do ano de 2003 passou a oferecer um novo serviço: a pessoa se cadastra, paga e, a partir daí, funcionários do cemitério vão filmando os principais momentos da vida do sujeito. Quando o cliente morre, o filme é exibido no seu velório.

Rosalind Rolland trabalha como pesquisadora no New England Aquarium, de Boston, especializada em dejetos (cocôs) de baleias, área na qual é uma das pioneiras. "É surpreendente quanto podemos aprender sobre uma baleia a partir de suas fezes", diz Rosalind. Posso imaginar!, digo eu.

Para desenvolver seu trabalho ela conta com a ajuda de cães farejadores, que conseguem descobrir o excremento boiando a cerca de meio quilômetro de distância.

Em 1970 o cientista Jim Mead iniciou sua coleta de fezes animais da era do gelo e de algumas mais modernas para sua pesquisa paleológica.

Em 1985, trabalhando para a Northern Arizona University, já contava com uma boa quantidade de fezes armazenadas.

Em seguida, foi trabalhar na East Tennessee State University, e sua coleção não parava de crescer.

Hoje Mead é o feliz proprietário da maior coleção de cocô de todo o mundo. Ele calcula que possui cerca de 13 mil espécies de excrementos que são cuidadosamente armazenados em caixas de papelão, após passarem por um processo de secagem. Quando cientistas de qualquer parte do mundo localizam algum excremento e precisam identificar a espécie que o "produziu", enviam amostras para Mead. Além disso, cientistas podem coletar fragmentos de DNA das fezes para saber, por exemplo, como era a alimentação do animal analisado.

Atos e Fatos (Des)necessários

Algumas pessoas pagam cifras estratosféricas por produtos esquisitos; outras, por desconhecimento, cometem atos que podem gerar grandes prejuízos ou ao menos um desconforto; há também aquelas que procuram se diferenciar de uma forma um tanto fora do convencional em sua arte ou atuação. Sem falar nas criaturas que dedicam uma das coisas mais valiosas na vida de um ser humano os dias de hoje, que é o tempo, a atividades estarrecedoras.

Escoteiros associados ao grupo Eclaireurs de France certa vez removeram com todo o cuidado pinturas rupestres, que têm valor arqueológico inestimável, das paredes da gruta de Mayrière Supérieure, perto da aldeia francesa de Bruniquel, pensando que eram pichações.

Emmanuel Asare, encarregado da limpeza da galeria de arte Eyestorm, de Londres, jogou a obra do artista plástico britânico Damien Hirst no lixo. A obra era composta de garrafas vazias, cinzeiros com pontas de cigarros, xícaras sujas e jornais velhos. "Não acho que isso possa ser uma obra de arte. É muito feia", disse Asare.

Um dente que teria pertencido ao cantor Elvis Presley foi colocado à venda na internet, no ano de 2003, por 100 mil dólares.

Aproveitando um espaço na 25ª Bienal Internacional de São Paulo – 2002, o universitário Cleiton Campos expôs um quadro de sua autoria. O problema é que ele fez isso clandestinamente. A pintura ficou exposta por dois meses e foi admirada por cerca de 650 mil visitantes. "Não quero que fiquem falando que foi um ato de contracultura. Pintei o quadro para a minha namorada e na última hora decidi expô-lo. Quem pagou ingresso saiu no lucro, pois acabou vendo um quadro a mais. Agora quero o quadro de volta para entregá-lo a minha namorada."

Uma série de estupros ocorridos na Austrália em 2009 causou surpresa. Um sujeito arrombou uma *sex shop* na cidade de Queensland e estuprou três bonecas infláveis, fugindo sem deixar pistas: "É totalmente bizarro que um cara assim esteja solto nas ruas", disse o dono da loja, com indignação.

John Lattimer, médico americano, coleciona coisas peculiares, como o pênis embalsamado de Napoleão Bonaparte: "Eu o comprei de um colecionador da Filadélfia. Ele (o pênis) foi amputado pelo patologista que assistiu ao imperador até a morte e o fez como vingança por ter sido tratado muito mal". Lattimer possui, ainda, um par de meias que foi do ditador nazista alemão Adolf Hitler; a chave do camarote do teatro onde o presidente americano Abraham Lincoln foi assassinado; um pedaço manchado de sangue do forro do banco do carro em que o presidente John Kennedy estava quando foi morto; a carteira de motorista sueca da atriz Greta Garbo.

Os cães vão para o céu quando morrem? A revista americana *Dog Fancy* reuniu algumas personalidades para darem suas contribuições a respeito do tema. Algumas opiniões:

- "Tudo depende de como o cachorro se portar aqui na terra. São as atitudes do cão que vão determinar se ele merece a bênção divina". – Gershon Winkler, rabino.
- "Todos os cães vão para o céu. Eles são seres inocentes e estão livres do pecado." – Mary Buddemeyer-Porter, escritora especialista em vida animal.
- "A ideia de que um cão possa fazer escolhas morais é absurda. Não importa como ajam. Vão para o paraíso." – Andrew Linzey, professor de teologia da Universidade de Nottingham (Inglaterra).
- "Se os cães forem para o céu, será em razão da nossa ligação com eles, porque o céu foi criado apenas para humanos." – Brian McSweenewy, vice-chanceler da arquidiocese de Nova York.

Um morador de Hong Kong, de 41 anos, passeava pelo parque Lan Tian, de madrugada, quando resolveu fazer sexo com um banco de metal. Colocou seu pênis em um dos buracos do banco e acabou ficando com o membro entalado. Em pânico, chamou a polícia, que chegando ao local acionou os bombeiros. O sujeito foi levado para o hospital com o banco preso ao pênis.

Fiscais da prefeitura de São Paulo faziam uma blitz contra camelôs no ano de 2002, quando se depararam com um quiosque que acharam estranho. Apreenderam o material. Na verdade tratava-se de uma instalação montada pelo ateliê Van Lieshout, da Holanda, para divulgar exposições de arte na cidade.

Angel Pantoja Medina, um porto-riquenho, morreu ainda jovem e fez seu último pedido: queria ser velado em pé, vestindo um boné do time de beisebol New York Yankees, óculos escuros da moda e roupa esporte. Assim foi feito: uma funerária teve que se valer de uma técnica especial para embalsamar o corpo do rapaz de modo a conseguir mantê-lo de pé na sala da mãe, para visitação de parentes e amigos, por três dias.

Consultora para novos ricos: a socialite brasileira Carmen Mayrink Veiga declarou certa vez que mala com cara de nova não é chique: "O estado da mala mostra há quanto tempo um executivo tem dinheiro. [...] E é horrível mala que grita 'saí da loja, saí da loja!'". E aqui vão suas dicas para resolver esse grande problema: "Leve antes toda a sua bagagem nova em viagens curtas para elas ganharem aquela pátina bonita. Se você não precisa de quatro malas, leve-as assim mesmo. Eu, por exemplo, quando vou do Rio [Rio de Janeiro] a São Paulo, levo duas ou três malas vazias recheadas com papel de seda para que elas estraguem".

David Morales Colón, de Porto Rico, foi morto durante um tiroteio no Caribe no ano de 2010, mas deixou um último pedido aos familiares, que o cumpriram à risca: ser embalsamado em cima de sua moto, como se ele a estivesse pilotando.

A clínica espanhola Sanitas pagou 414 mil dólares pela exclusividade de colher a urina do jogador de futebol David Beckham para os exames de praxe exigidos na contratação do craque pelo clube Real Madrid (2003). A rede de TV inglesa Sky News desesperou-se por não ter conseguido o direito de transmitir ao vivo a análise laboratorial do xixi do jogador.

A *top model* Naomi Campbell, ao saber que seria estrela de um desfile no Chile, fez algumas exigências que ocuparam 60 páginas. Destaque para: toalhas bordadas com suas iniciais em ouro; cardápios completos com a quantidade de calorias de cada folha de alface; quatro guarda-costas ingleses; água mineral francesa; e médico de plantão 24 horas ao seu lado.

Beth Carvalho, cantora brasileira, ao se apresentar em uma casa de shows no Rio de Janeiro, em 2008, pediu aos produtores *carpaccio* de salmão "cortado quadrado, porque tem pavor de *carpaccio* redondo".

Tom Cruise, ator americano, ao ser contratado para o set de *O último samurai,* na Nova Zelândia, incluiu uma cláusula no contrato proibindo que as pessoas da produção olhassem para ele durante as filmagens. Cruise já havia colocado essa mesma cláusula em outros contratos assinados anteriormente.

Um holandês, Niek Vermeulen, juntou 2.112 sacos de vômito, com o intuito de entrar no livro dos recordes. Mas ele só atingiu seu objetivo ao ganhar da Nasa um saco usado por um astronauta (eca!).

Fãs de Elvis Presley, adorado em vida e na morte, criaram seitas chamadas *presleyterianas* para adorar o rei. A Primeira Igreja de Jesus Cristo Elvis foi fundada pelo artista Chris Ryall. Já a Primeira Igreja Presleyteriana de Elvis, o Divino, foi criada em Denver e diz representar "a única religião que será importante no próximo milênio". O dr. Karl Edwards, cofundador da igreja, pleiteia, ainda, um feriado nacional em homenagem ao rei do rock: "A falta de um feriado para Elvis é uma desgraça nacional", lamenta Edwards. E completa: "Quantos discos de ouro teve George Washington?".

Alguns seguidores de Memphis e Las Vegas realizam casamentos em nome de Elvis. Além disso, imitadores têm se submetido a cirurgias plásticas para se tornar cada vez mais parecidos com seu ídolo.

Henry Budd, um rico comerciante inglês, morreu em 1862 e deixou toda a sua herança para os dois filhos, com a condição de que eles nunca usassem bigode.

Um funcionário do Palácio de Buckingham revelou no ano de 2001 para o jornal *The Sun* que a rainha Elizabeth II da Inglaterra tem um pato amarelo de borracha dentro da sua banheira. E que o pato tem uma coroa.

Em 2008 saiu uma notinha em diversos jornais sobre um polvo na Nova Zelândia que havia sido ensinado a abrir garrafas de refrigerante.

A cantora inglesa Lily Allen pede que disponibilizem em seu camarim um cachorrinho de raça, mas somente para a noite de apresentação, depois o cãozinho deve sair de cena.

A Infected Mushroom, dupla israelense que veio ao Rio de Janeiro (2009) tocar no festival eletrônico Chemical Music, exigiu que o preço pago pelas toalhas de seu camarim fosse de no mínimo 30 dólares. Para comprovar o valor pago, as etiquetas contendo os preços deveriam permanecer penduradas.

Um empresário japonês pagou 90 mil dólares por um besouro. O inseto, conhecido como Diamante Negro, tornou-se valioso pelo tamanho avantajado: oito centímetros.

Competições

“O importante não é ganhar, e sim competir”: algumas pessoas levam isso realmente a sério e consideram que o importante é competir mesmo não importando em quê, como ou por quê. E então seguem suas vidas entregando-se de corpo e alma a algum lazer, esporte ou coleção bastante esquisita ou participando de competições estranhas, quase surreais.

Em 2008, um morador da Pensilvânia (EUA) chamado Byars foi o vencedor do Campeonato de Arremesso de Pedras Rentes à Superfície Líquida. Ele conseguiu que sua pedra quicasse 51 vezes na superfície do rio Allegheny. O recorde anterior era de 40 repiques (*skips*), obtido por Kurt Steiner em 2002.

Margo Uusorg vive na Estônia e no ano de 2003 foi o campeão no Torneio Mundial de Carregamento de Esposa.

Ele derrotou os outros 22 casais ao conseguir carregar sua esposa por 235,5 metros em pouco mais de um minuto.

Adultos do mundo inteiro participam do Campeonato Mundial de Pedra, Papel, Tesoura, um jogo infantil conhecido também como "joquempô", do japonês "janken-pon". Em 2008, por exemplo, o campeonato ocorreu em Toronto. Existe, ainda, a Sociedade Mundial de Pedra, Papel, Tesoura, que tem o seguinte *slogan*: "Servindo as necessidades desde 1918".

Arremesso de caroço de cereja com a boca: competição anual que acontece na cidade de Higashio, Japão. Crianças e adultos podem participar. O vencedor ganha alguns quilos de cereja.

Walter Franck, um belga, no ano de 2001 ficou mais de 49 horas rolando na cama de um lado para o outro na tentativa de entrar para o *Guinness*, o livro dos recordes. Não foi aceito, embora Franck se gabe de rolar 120 vezes por minuto.

Nas Filipinas ocorre um tradicional concurso de assopro no copo de farinha. O objetivo dos participantes é esvaziar o copo o mais rápido possível apenas com assopros.

Território em Jogo é uma competição que conhecemos como "cabo de guerra", muito comum entre crianças por aqui, mas que no Japão é levada a sério. Participam do torneio representantes de duas províncias rivais: Shizuoka e Nagano. Cada equipe deve ter 15 componentes, entre os quais três devem ser mulheres. São feitas três provas para decidir o vencedor. A província vitoriosa abocanha 1 metro do território da cidade perdedora.

Em 2003 ocorreu na Flórida (EUA) o Festival de Música Sob a Água. Participaram cerca de 400 músicos/nadadores munidos dos mais diversos instrumentos musicais.

O Campeonato de Encantamento de Minhocas (World Worm Charming Championship) é um evento que conta com adeptos em vários locais do mundo e possui regras rigorosas, como: cada equipe é composta por três pessoas (encantador, apanhador e contador) e todas as minhocas devem ser devolvidas ao solo após a competição (de acordo com a British Association of Worm Length Supporters – BAWLS). É considerado vencedor aquele que coletar o maior número de minhocas num determinado tempo.

Nos Estados Unidos a competição (Worm Gruntin' Festival) começou na Flórida, no ano de 2000, e seus organizadores afirmam ser a capital mundial do desporto. O evento inclui um baile e a coroação de uma rainha do festival.

Destaque para o adolescente inglês Tom Shufflebotham, que já recebeu o título de campeão mundial de encantamento de minhocas ao conseguir atrair 511 delas para fora da terra num período de 30 minutos.

Corrida de Lulas é uma competição que ocorre no Japão. Os competidores estimulam suas lulas a nadarem por um circuito de 20 metros. Quer participar e não tem sua própria lula? Não tem problema. Adquira uma no local por 600 ienes. Ganhando ou não, você pode levá-la para casa depois da competição.

Um dos maiores comedores de cachorro-quente do mundo foi o japonês Hirofumi Nakajima, que em 1998 ganhou o torneio Coney Island, em Nova York, pela terceira vez. No período de doze minutos ele devorou exatos dezenove cachorros-quentes. No ano anterior, porém, ele havia devorado 24.

O finlandês Henri Pellonpää venceu no ano de 1999 o Campeonato Mundial de Matança de Mosquitos, batendo seu próprio recorde. Ele matou doze mosquitos em cinco minutos. Regras importantes: o participante só pode usar as mãos e o inseto tem que morrer. Não vale apenas ferir. O campeonato ocorre na Lapônia.

Na Alemanha, no ano de 2002, ocorreu uma competição em que os participantes tinham que passar roupas praticando diversos esportes radicais: surfar, subir em árvores, escalar montanhas etc.

O vencedor ganhou uma viagem para o Havaí e um ferro elétrico.

Boxe-xadrez, ou boxadrez, é um esporte que combina enxadrismo com pugilismo. São quatro minutos de xadrez e três de boxe com intervalo de um minuto entre eles. Ganha quem der xeque-mate no adversário ou nocautear o outro. Lema dos jogadores: "A luta é feita no ringue, mas a guerra é feita no tabuleiro".

Futebol no Pântano ***(Swamp Soccer):*** atualmente há mais de 260 times de futebol de pântano no mundo. Esse esporte peculiar tem regras muito bem definidas, sendo bastante parecido com o futebol tradicional. Uma das variações é o tempo de jogo: 20 minutos – 10 para cada tempo. A camada de lama do terreno deve ter cerca de 30 centímetros de altura. O pântano de Vuorisuo, na Finlândia, é considerado o Maracanã do *swamp soccer*, onde acontece o mundial desse esporte desde 2000. O campeonato ocorrido em 2008, por exemplo, contou com 340 equipes e mais de 5 mil jogadores que participaram de 1.300 partidas nos 22 campos de lama especialmente preparados para a competição.

PASSADO PASSADO A LIMPO

Em meus estudos pude constatar que nem tudo já “nasce” bizarro, mas que com o passar do tempo pode ficar: “verdades” passadas que hoje soam como absurdos; profissões e atuações que perderam a vez. Tudo para comprovar as velhas máximas de que “com o tempo tudo se torna ridículo” e de que “nada como um dia após o outro”!

No início da era cristã, Plínio, o Sábio declarou que "do reino animal, a fêmea humana é a única a ter um sangramento mensal... Com a aproximação de uma mulher nesse estado, o leite talha, as sementes que ela tocou tornam-se estéreis, as mudas murcham em seguida, as plantas do jardim secam e o fruto cai da árvore".

Não sobra nada no jardim da criatura menstruada!

No ano de 1899 a Merck, uma das maiores indústrias farmacêuticas de origem alemã, editou seu primeiro manual contendo as seguintes recomendações médicas:

- Para tratar asma – recomenda-se fumar algumas vezes.
- Para tratar alcoolismo – uma dose de ópio ou beber água quente antes das refeições.
- Para calvície – aplicação de amônia no couro cabeludo ou tomar um pouco de arsênico.

Em 1910, o dr. Narodetzki, em *La Médecine Végétale,* publicou: "A mulher não precisa de nenhum exercício ou jogo de movimentação. Sua atividade física é suficiente para ela, seja qual for seu tipo de vida. De resto, todo exercício nela pode tornar-se até mesmo perigoso, porque seu corpo (órgãos e esqueleto) não foi feito para um grande desgaste muscular ou um grande esforço, e o exercício levará certamente ao sofrimento de seus órgãos".

O dr. J. L. Doussin-Dubreuil, em 1828, em *Des égarements secrets,* também decretou alerta máximo para as mulheres que se aventurassem a cavalgar.

"Por pouco que a senhora se lembre, madame, não se esqueça do perigo que lhe falei, resultante da compressão das partes sexuais ao montar a cavalo. Não se deve permitir jamais que moças ou mulheres montem de outra forma a não ser sentadas de lado."

Em 1907, no *Pour être heureuse* foram publicadas as seguintes recomendações de autoria de Bernadette Jouvin:

"A prática da bicicleta, as contorções frenéticas e reiteradas do tênis, as violentas trações da canoagem não têm nada de muito estético para uma mulher. Do ponto de vista da saúde, a medicina, consultada sobre a prática dos esportes pelas mulheres, faz inúmeras reservas".

Antes de 1953 o *slogan* da L&M cigarros era: *Just what the doctor ordered,* algo como "Exatamente o que o doutor receitou".

"Para a maioria das pessoas, o uso do tabaco tem um efeito benéfico."

Ian MacDonald, cirurgião americano, em 1969.

Durante milhares de anos os povos das Américas usaram tabaco com fins medicinais e espirituais. Até para pum, mais cientificamente conhecido como flatulência, o fumo foi receitado. Os exploradores levaram a planta para a Europa, apresentando-a como o que havia de melhor para males dos mais diversos, entre eles as doenças venéreas. Acredite: recomendavam o fumo também para clarear os dentes.

Heroína e cocaína, por volta de 1900, eram vendidas em farmácias. O laboratório Martin H. Smith Company, de Nova York, por exemplo, alardeava em suas propagandas sua utilização não só como analgésico, como excelente remédio contra asma, tosse e pneumonia.

Eram vendidos também tabletes de cocaína, "indispensáveis para os cantores, professores e oradores, por aliviarem dores na garganta e dar um efeito 'animador', fazendo com que esses profissionais atingissem a excelência em sua performance".

"Efeito animador" é ótimo!

Entre 1890 e 1910 a heroína era vendida nas melhores drogarias. Os comprimidos eram amplamente divulgados como um substituto não viciador da morfina e excelente remédio contra tosse para crianças. A Bayer, por exemplo, anunciava seu produto com orgulho.

Nos idos de 1860, eram vendidos vinhos contendo cocaína em sua composição, altamente recomendados por seus efeitos medicinais. Alguns vinhos de coca disponíveis:

– Metcalf, com seu *slogan* na embalagem: "Para fadiga da mente ou do corpo", fabricado pela Theodore Metcalf & Co., de Boston.

– Mariani (1865), cujo "garoto-propaganda" era o Papa Leão XIII, que estampava o rótulo do produto. Leão XIII, que carregava sempre um frasco consigo, chegou a premiar seu criador, Ângelo Mariani, com uma medalha de ouro. Esse vinho era principalmente indicado para gripe.

– Maltine, fabricado pela Maltine Manufacturing Company, de Nova York. A dosagem indicada na embalagem fazia alusão a consumo infantil também: "Uma taça cheia junto com ou imediatamente após as refeições. Crianças em proporção".

Em 1885 dispúnhamos de "drops de cocaína para dor de dente – cura instantânea" da Lloyd Manufacturing Co. Seu uso era recomendado especialmente para crianças. Acabava com as dores e ainda melhorava o humor infantil (lá isso devia ser verdade). A embalagem era ilustrada por duas crianças brincando.

Carpideiras: mulheres que ganham a vida chorando, por encomenda, em velórios e enterros e que já estiveram muito em moda. Em 1999 carpideiras chinesas exigiam aumento de cachê. Durante um enterro em Xangai, após consultar seus relógios, pararam imediatamente de chorar, alegando que não ganhavam hora extra.

Bebês recém-nascidos naqueles tempos (cerca de 1900) eram acalmados com doses de ópio. O laboratório Stickney and Poor's comercializava uma mistura de ópio e de álcool que era distribuída do mesmo modo que os temperos pelos quais a empresa era conhecida. Doses recomendadas: para crianças com cinco dias, 3 gotas; bebês com duas semanas, 8 gotas; cinco anos, 25 gotas; adultos, uma colher cheia.

O produto continha 46% de álcool.

Ópio para asma era outro costume no começo do século XX. Um dos produtos em voga era o *National vaporizer Vapor-OL*: "Para asma e outras afecções espasmódicas". O líquido deveria ser colocado em uma panela e aquecido por um lampião de querosene.

Nos tempos do cinema mudo consta que inicialmente os inventores e produtores tentaram casar a imagem com um som sincronizado, mas nenhuma técnica deu certo até a década de 1920. Portanto, durante trinta anos os filmes eram praticamente silenciosos, sendo acompanhados muitas vezes de música ao vivo. As salas de projeção mais acanhadas dispunham de um solitário pianista, enquanto as mais luxuosas dispunham de orquestras. Aqui no Brasil o percussionista e baterista Luciano Perrone (1908-2001) era um dos mais requisitados para tocar nessas orquestras e revelou que, muitas vezes, não havia a menor coerência entre o que era tocado e o que se passava na tela: "Uma vez, Jesus Cristo foi crucificado ao som de 'Tatu subiu no pau'", disse Perrone em uma entrevista no ano de 2000, ao completar 92 anos de idade.

Retratista de defunto: no Brasil do século XIX a prática de conservar a imagem de um parente morto – inclusive de levar o defunto ao ateliê do fotógrafo – era supernormal. Luiz Deschamps, retratista gaúcho, anunciava assim seus serviços num jornal de Porto Alegre, em 1867: "Fazemos retratos de defuntos, no estabelecimento ou fora dele".

FONTES DE CONSULTA

AURÉLIO, Daniel Rodrigues. *Almanaque das curiosidades*. São Paulo: Digerati Books, 2003.

DUARTE, Marcelo. *O guia dos curiosos – esportes*. São Paulo: Companhia das Letras, 1996.

______. *O guia dos curiosos*. São Paulo: Companhia das Letras, 1995.

GREGORY, Leland. *Stupid science – weird experiments, mad scientists, and idiots in the lab*. Andrews Mc Meel Publishing, 2009.

Jornal inglês *Daily Mail*
Revistas *Exame* – Editora Abril S/A
Revistas *Caras* – Editora Abril S/A
Revistas *IstoÉ* – Editora Três
Revistas *Veja* – Editora Abril S/A
Revistas *Pais & Filhos* – Editora Manchete
Revistas *Claudia* – Editora Abril S/A
Revistas *O Cais*
Revistas *Time*

Sites e blogs:

www.wikipedia.org
www.totallyabsurd.com
www.toughguy.co.uk
http://cev.org.br
http://groups.google.com.br
http://hypescience.com
http://baphometguts.blogspot.com
http://anomalias.weblog.com.pt
http://news.bbc.co.uk
www.animepro.com.br
http://menshealth.abril.com.br
www.humornaciencia.com.br
www.mdig.com.br
http://secapipas.no.sapo.pt
http://open.salon.com
www.popsci.com
www.under-tec.com
www.arcodavelha.eu
www.sciencedirect.com
www.guardian.co.uk
www.uib.no
www.medhunters.com
www.ncbi.nlm.nih.gov
www.pillowtie.com
www.amattos.eng.br
www.freipedro.pt
www.questia.com
http://prl.aps.org
http://velocity.ansto.gov.au
http://laryff.com.br
www.youtube.com
http://physics.ucsd.edu
www2.uol.com.br
http://diario.elmercurio.cl
www.nehrt.com
www.oocities.com
http://sax.sagepub.com
http://noticias.terra.com.br

MATRIX

IMPRESSÃO E ACABAMENTO
Bartira Gráfica e Editora S/A